ÉDITIONS DE LA PAIX

Pour la beauté des mots et des différences

Monique Plante

J'AI MAL À MA VIE

Roman

ÉDITIONS DE LA PAIX

Illustration de la couverture : **Possession**
© Denise Côté
Artiste-peintre, Granby

© Éditions de la Paix
Dépôt légal : 2e trimestre 1991
Bibliothèque nationale du Québec
Bibliothèque nationale du Canada
Diffusion : Québec-Livres

Données de catalogage avant publication (Canada)

Plante, Monique, 1943-
    J'ai mal à ma vie
    ISBN 2-921255-04-9
    I. Titre.
PS8581.L36J34 1991   C843'.54   C91-096544-7
PS9581.L36J34 1991
PQ3919.2.P42J34 1991

ISBN 2-921255-04-9

Dans le silence et la solitude,
on n'entend plus que l'essentiel.

Camille Belguise

À mes chers parents
Yvette et Gaston
qui m'ont toujours encouragée
dans toutes les sphères de l'art.

Quel est ce visage?
D'où viennent ces traits?
Où va ce regard d'homme?

Autant de questions que se posait Lise-Ann pendant la soirée. En attendant Pierre, elle s'occupait à dessiner comme ça pour passer le temps.

CHAPITRE 1

Minuit. Le temps était lourd. Lise-Ann pensait à sa journée qu'elle venait de passer seule avec sa fille Magali, une magnifique enfant de trois ans. Comme sa mère, elle avait les cheveux bruns avec quelques mèches dorées empruntées directement au soleil. D'énormes nuages couraient dans un ciel gris, aussi gris que sa vie. Lise-Ann questionnait souvent les heures, les heures interminables. Une autre cigarette! Puis une dernière! Elle joua pendant plusieurs minutes avec son alliance, la fixa des yeux, l'enveloppa d'un papier-mouchoir... hésita, soupira, puis la laissa tomber. Elle actionna la chasse d'eau. « Pourvu que Pierre ne s'en aperçoive pas trop tôt!... Il est souvent aveuglé par la boisson... mais il voit tellement tout! De toute façon, il est trop tard pour regretter. C'en est fait. C'est tout. »

Pierre n'était pas souvent à la maison. Tôt après son travail, il rejoignait des amis, toujours les mêmes. Boire quelque cinq ou six bières, bridger. C'était sa façon bien personnelle de terminer ses journées sans parler des sommes fabuleuses qu'il perdait en paris. Après cinq ans, l'habitude commandait.

Ses crises insensées traduisaient trop souvent son insécurité et la victime était à coup sûr Lise-Ann. Même qu'à l'occasion, il ne ménageait pas leur fille.

Le lendemain matin, au petit déjeuner, Pierre croisa le regard de Lise-Ann mais ne parla pas. En buvant une gorgée de café trop chaud, il s'étouffa parce qu'en même temps il remarqua le doigt dénudé du fameux diamant.

— T'as perdu ta bonne habitude?

— Laquelle?

— Nettoyer ton alliance aussitôt que tu sors du lit. Tu as oublié, ce matin, ou quoi?

— Oh!

Lise-Ann referma sa main et tourna la tête comme si d'un seul coup elle voulait ramasser ses idées pour affronter l'HOMME.

— Pourquoi ne la portes-tu pas?

— J'irai voir tantôt où elle se trouve.

— Tout de suite.

Ils vérifièrent ensemble mais ne trouvèrent rien sur le bureau de la chambre. Le regard de Pierre refroidissait férocement l'atmosphère. Il s'approcha de plus en plus de sa femme et commença à crier en réclamant des explications. Lise-Ann esquiva :

— Hier soir, question de briser la monotonie, j'ai écouté une émission sur la violence familiale. Tu imagines... un homme de trente-quatre ans a tué sa femme et ses deux enfants, des jumeaux de huit ans, et s'est suicidé.

— Mais ta bague?

— J'étais nerveuse... Je la roulais entre mes doigts. Elle a dû tomber sur le tapis du salon sans que je m'en aperçoive. J'étais un peu somnolente aussi...

— Cette bague, elle va là. Tu comprends, là!

— Oui. J'essaierai de la retrouver aujourd'hui.

— C'est mieux. Vois-y.

Ce soir-là, le repas commença dans un calme relatif comme si Pierre avait oublié la raison de sa colère matinale. Mais fidèle comme une ombre, son obsession lui agrandit tout à coup les yeux.

— Et puis?

— Pierre, ne te fâche surtout pas. Je crois que je l'ai perdue.

— Quoi? C'est ce que tu fais avec ce que je te donne? En as-tu oublié le prix? T'es folle, ma foi!

Puis il se leva et serra entre ses deux mains la tête de Lise-Ann. Un étau. Sa tête dans un étau.

— Tu me fais mal.

— Arrête de crier, comme ça.

— Laisse-moi. Un jour je te dénoncerai.

— Ah! oui, c'est ce qu'on va voir.

— Pierre! Pierre! arrête que je te dis!...

Puis, rongeant son frein, il retourna à la table mais ne mangea pas. Et cédant à sa violence, il s'empara de tout ce qui se trouvait à sa portée et le lança dans la maison : salière, ustensiles, même une pomme de laitue alla s'écraser sur le mur de la cuisine.

Plus fou que jamais, Pierre ne se préoccupait pas de ce que Lise-Ann pouvait ressentir pendant que Magali pleurait sans rien comprendre.

Puis deux autres jours... et deux autres nuits... Pour couper les temps creux, Lise-Ann travaillait à l'aiguille et peignait. Des splendeurs naissaient sous ses doigts de fée. Un clown au large sourire malgré une larme sur la joue prenait forme sous son pinceau. S'ajoutait l'art des noeuds. Travailler avec des cordelettes entrelacées et nouées lui permettait une certaine évasion. Ou bien, cordes et noeuds, n'était-ce qu'un présage, un secret avertissement?... En un temps record, elle avait réalisé de longues jardinières dont les motifs géométriques décoraient l'intérieur de sa maison. Elles formaient des pièces que Lise-Ann refuserait certainement de vendre pour des centaines de dollars. Ces petits travaux légers et répétitifs lui occupaient aussi l'esprit et faisait baisser sa pression morale. Ce qui ne l'empêchait quand même pas de penser parfois : « J'ai tellement mal à ma vie!... Il va bien falloir que je fasse quelque chose!... » Et le temps passait tant bien que mal. Surtout mal.

Un certain soir, Lise-Ann ouvrit un livre de psychologie et en lut deux chapitres. Malgré ses paupières de plus en plus lourdes, elle se refusa à dormir. La nuit se faufilait; ses craintes aussi. Un frisson. Elle consulta l'horloge : une heure et demie. Finalement, elle s'endormit le livre à la main. Le bruit d'une clé dans la serrure la fit sursauter. Pierre entra un peu ivre et inquiet de la voir encore éveillée.

— Tu es encore là? Il est tard.

— Je sais. Je lisais. Heureusement qu'il me reste encore cette passion.

— Cette passion?...

— La lecture, Pierre. Tu es distrait, comme tu es distrait!

— Qu'attends-tu?

— Tu devrais me demander QUI ?

— Qui alors?

— Je t'attends, toi, comme tous les soirs, répondit-elle sur un ton monocorde. C'est presque devenu une habitude maintenant de me coucher tard. Te savoir ici me rassure, mais c'est si rare...

— Pourquoi dis-tu cela? fit-il presque insouciant en cherchant une place pour étirer ses longues jambes.

Elle renforça la voix :

— Parce que je déteste te voir sortir ainsi tous les soirs. Tu comprends, je n'en peux plus de vivre cette petite vie plate.

Pierre se leva et mit sa main moite sur la bouche de sa femme. Lise-Ann le repoussa fermement.

— Laisse-moi répondre jusqu'à la fin à ta question. Pour une fois que je peux t'affronter. Tu m'as posé une question, laisse-moi y répondre sans m'interrompre. Va t'asseoir et écoute-moi.

— C'est bon, madame, je vous écoute, fit-il

ironique.

— Magali grandit. Elle se rend bien compte que tu n'es pas là à l'heure du souper ou pour jouer avec elle durant la soirée. Elle me demande souvent où tu es, ce que tu fais.

— Je ne fais rien de mal.

— Ne me coupe pas, veux-tu? Comme je ne veux pas l'inquiéter inutilement, je lui dis que tu travailles. Mais la réponse que je répète comme un vulgaire perroquet ne la satisfait plus. Elle soupçonne que je mens.

— Bof... allons nous coucher et nous reparlerons de tout cela une autre fois.

— Et misère! tu ne sauras jamais écouter... Comme je te reconnais, va!

Il remarqua les croquis à côté de Lise-Ann, ne se reconnut pas dans ce visage et alla se doucher sans rien dire.

Ce vendredi-là, le matin arriva avec son soleil de fin de mai. La rosée encore abondante rafraîchissait quelque peu l'air de ce début de journée. Un vendredi splendide s'annonçait. Magali chantonnait lorsqu'elle arriva dans la cuisine vêtue de son pyjama jaune et blanc. Elle adressa un regard délicat à sa mère, un sourire à son père et interrompit la conversation de ses parents en lançant d'une voix assurée :

— Hé! papa, ça fait longtemps que je ne t'ai pas vu. C'est drôle, c'est toujours maman qui est avec moi. C'est drôle parce que Marie-Soleil a un vrai papa qui est presque tout le temps avec elle, le soir.

— Explique-moi ça Magali, demanda Pierre empruntant une voix qui semblait quêter une forme de pardon.

— Parce que Marie-Soleil, elle a un papa qui travaille moins que toi. Chaque soir, il est avec elle.

— Qu'en sais-tu?

— Je les vois souvent ensemble. Des fois, il va même lui acheter une glace.

L'enfant, un doigt dans le coin de la bouche, regarda son père et ajouta :

— D'autres fois, il joue au ballon avec Marie-Soleil, puis il saute à la corde avec elle. Je le sais, je les entends rire tous les deux.

Magali essaya de trouver une petite place dans les bras de son père. Lise-Ann insista pour que l'enfant et son père viennent déjeuner.

— D'accord! D'accord! Nous arrivons.

— J'ai faim ce matin, maman. Mais où sont mes céréales? questionna l'enfant en tournant la tête de tous les côtés. Je ne veux pas ça.

Elle montrait avec dégoût l'oeuf au miroir. Indulgente, Lise-Ann enchaîna :

— Que désires-tu donc?

— Des céréales. Je veux mes céréales. C'est ça que je veux manger, ma petite maman d'amour, fit l'enfant en entourant de ses petits bras la taille de sa mère.

— Parfait Magali, mais reste assise, veux-tu?

Pierre donna un coup de poing sur la table.

— Maudite affaire! Tu n'as pas encore retrouvé ta bague?

— Ah! du calme, Pierre. Vas-tu finir de me torturer avec cette histoire?

— J'sais pas.

Un peu défoulé, il avala ses oeufs et ses rôties avec l'air bête des jours de pluie. Il jeta un regard sur sa montre et galopa jusqu'à la porte, endossa son veston brun, embrassa rapidement Magali et Lise-Ann puis fila vers l'auto. Un stress l'envahissait.

Il conduisit nerveusement, et l'auto avala plusieurs kilomètres. Ses idées jouaient au chassé-croisé dans son esprit. Son attitude des derniers jours refaisait surface. Des idées négatives lui collaient à la mémoire comme le plumage à un oiseau. Les reproches de sa fille reprirent vie dans ses souvenirs brouillés. La boisson était de très loin sa pire ennemie; il le savait mais ne pouvait pas s'en passer. Encore ce soir, sans le vouloir vraiment, il savait qu'il retomberait dans son même cercle vicieux.

Rendu au bureau, il devait brosser le tableau d'un dîner d'honneur au chic Hôtel Queen Elizabeth. On avait offert ce repas à l'occasion du départ d'une personnalité de la politique provinciale. En l'occurence, Marcel Laporte qui devait embrasser une nouvelle carrière dans les semaines suivantes. Le reportage de Pierre serait bref mais authentique et précis. Aucune erreur ne lui serait pardonnée. Journaliste pour le quotidien de sa localité, il accomplissait un pénible boulot. Comment faire travailler la tête quand le coeur n'y est plus?

Sur la grande feuille blanche de son reportage, Pierre revoyait seulement sa Lise-Ann ravissante et sereine dans sa longue robe blanche. Une majestueuse traîne glissait sur le tapis rouge de l'allée centrale de l'église. Une belle jeune femme svelte, grande et souriante, c'était Lise-Ann. Ses yeux illuminaient un minuscule visage qu'encadrait sa brune chevelure parsemée de mèches d'or. Ses joues étaient rosées par la timidité et les émotions que confère une telle journée de bonheur.

Malheureusement, deux ans avant son mariage, elle perdit ses parents dans un terrible accident de la route à Val David dans les Laurentides. Pierre Cartier et Lise-Ann Champagne s'étaient mariés le samedi 14 juin 1975. Lise-Ann, fille unique, avait vécu une enfance heureuse dans sa petite famille qui l'adorait. Depuis leur mariage, ils habitaient une pittoresque petite maison dans la ville de Belcourt à quelques kilomètres du Mont-Royal. Une petite ville coquette de plus en plus renommée pour ses parcs et ses fontaines.

Pendant ce temps, Magali s'occupait et Lise-Ann prenait une bonne douche chaude pour se calmer. Elle se lava les cheveux et se maquilla. Elle voulait être élégante pour ses courses. Le téléphone sonna. Elle prit la serviette pour éponger sa longue et abondante chevelure qu'elle venait tout juste d'immerger. Priscille, sa grande amie annonçait sa visite.

— D'accord, Priscille, tu peux venir, je t'attends. J'ai justement quelque chose à te dire.

— Dans une heure, je serai chez-toi, mais crois-moi, je ne veux absolument pas te déranger : je peux attendre, si tu préfères.

— Tu ne me déranges aucunement. D'autant plus que depuis quelques temps, j'éprouve certains ennuis. Ça me fera beaucoup de bien de t'en parler. À tantôt.

Lise-Ann réalisa que sa main tremblait en replaçant l'appareil. Tout l'intérieur de son être s'agitait, se fracassait. Elle préféra s'asseoir quelques instants afin de reprendre ses sens après avoir préparé une tisane de tilleul. Le breuvage s'avéra efficace. Vingt minutes plus tard, elle retrouvait un calme qui redonna à ses yeux un air de jeunesse. Soulagée, elle sentit battre son coeur normalement dans sa poitrine. Magali arriva dans la maison en criant, pleurant et s'exprimant difficilement à cause de son chagrin.

— Que se passe-t-il, ma puce? fit sa mère accueillante.

— Oh! ma...man...ça...fait...mal. Regarde, c'est ici, ça brûle.

Lise-Ann remarqua une légère enflure sur son avant-bras gauche. Elle regarda de plus près et se dirigea vers la porte extérieure qui donnait sur le jardin.

— Ce n'est rien, mon trésor, ce n'est rien.

— Si ce n'est rien, pourquoi ça fait si mal?

— C'est une abeille très gentille qui t'a visitée. Ce n'est pas dangereux, répondit Lise-Ann d'une voix qui rassura la fillette. En passant, la petite abeille a tout simplement voulu te faire une bise à sa manière.

Elle lui appliqua un peu de sable et l'enfant oublia la piqûre et l'abeille, mais ajouta :

— Ce n'est pas une bise, c'est un bobo, fit-elle promptement. Tes bises à toi, ça ne fait pas bobo.

— Ça va mieux, maintenant, ma colombe?

— Oui, ça va mieux... mais ça fait encore mal. Je retourne voir Marie-Soleil.

Lise-Ann rentra pour continuer son shampooing. Elle eut tout juste le temps de bien brosser ses cheveux que Priscille arriva et stationna sa Camaro rouge devant la maison.

— Lise-Ann, je ne prendrai pas plus d'une heure de ton temps.

— Bien voyons, il est presque midi. Si tu restais à dîner? Je ferais une salade aux crevettes et j'ai un gâteau renversé aux ananas : ça te conviendrait comme menu vite fait?

— Oui, ce sera délicieux! Je te remercie, ma chère. Tu penses vraiment à tout!

La visiteuse remarqua les beaux cheveux de son amie.

— Tu t'es fait une jolie tête. Il est vrai que tu as toujours eu une grande facilité à te coiffer, et tu es tellement rapide!

— J'avais une tante qui m'a initiée très jeune. Elle opérait le Salon « Coiffure Balmain », ici, il y a plusieurs années déjà. Comme je portais grand intérêt à ses enseignements, elle a été généreuse de ses trucs et conseils.

Lise-Ann gagna sa chambre et en sortit séduisante dans une robe bleu pâle. Pendant son absence, Priscille avait regardé les dessins oubliés dans le salon. Elle s'interrogea intérieurement mais resta muette. Conscientes des moments précieux qu'elles vivaient, les deux femmes s'engagèrent dans leurs confidences mais se retrouvèrent soudainement interrompues.

— Tiens, maman! fit Magali en présentant un bouquet de pissenlits.

— Merci! Merci beaucoup, Magali.

Lise-Ann s'émerveilla devant ces fleurs un peu simples pour conserver à son enfant tout son bonheur.

— Bonjour, tante Priscille, salua la fillette en jetant un regard affectueux à la dame.

— Bonjour, ma petite princesse. Je suis heureuse de voir que tu es de bien belle humeur, aujourd'hui, répondit Priscille en se penchant pour caresser le front de l'enfant. Dis-moi, Magali, Marie-Soleil habite toujours de l'autre côté de la rue, n'est-ce pas?

— Bien oui, elle demeure là. Son papa vient de

lui acheter une belle piscine. Elle est toute bleue et blanche puis il y a beaucoup d'eau dedans. Bye, je retourne voir Marie-Soleil, elle m'attend dehors. Je te cueillerai des fleurs pour toi aussi, tante Priscille.

Lise-Ann s'affaira à préparer le repas, confia Magali à sa gardienne habituelle, madame Duteuil, et les deux femmes partirent faire leurs courses. Boîtes et paquets s'accumulèrent bientôt sur le siège-arrière de la voiture sport, puis les deux amies filèrent jusqu'au restaurant LE DOUX CAPRICE, un endroit paisible pour converser en toute quiétude. Quinze heures trente et peu de clients.

— Lise-Ann, depuis cinq ou six semaines, j'ai souvent des nausées. Je ne mangerais que du sel si je m'écoutais. Hier je suis allée passer un test de grossesse et c'est positif.

— Il n'y a pas de drame là-dedans.

— Écoute, c'est une maternité que je ne désire pas. Il y a toujours l'avortement, mais...

— T'es pas sérieuse!

— D'autant plus que Gary doit partir pour l'Europe dans une dizaine de jours.

— Est-il au courant de ton état?

— Non, mais il fait souvent allusion à mes sautes d'humeur. Je me demande s'il doit connaître cette vérité dès maintenant. Il n'a jamais voulu m'épouser, tu sais. Ce n'est sûrement pas mon état qui l'en convaincra.

— Penses-tu?

— Il est têtu comme un âne sur ces questions. J'aimerais l'épouser, mais... crois-moi, JAMAIS je le lui dirai. Ce fut toujours un sujet tabou entre nous deux. Il a le mariage en horreur, et pourtant il ne se passerait pas de moi...

— Penses-y bien avant.

— Je ne suis pas certaine qu'il acceptera sa paternité, mais j'espère être assez persuasive. Il sait très bien de son côté que je n'ai jamais oublié François.

— L'as-tu revu récemment?

— Oui, une fois, il y a quatre mois.

Lise-Ann sirotait son café pour se donner bonne contenance.

— Mais pourquoi Gary va-t-il en Europe?

— Il va travailler à l'étude des phénomènes physiques, biologiques et humains à la surface du globe.

— Mais il a un bon emploi ici?

— Il veut devenir guide touristique. Comme il ne fait pas les choses à demi, il part pour toute cette période après quoi, il entrera en communication avec le Consulat canadien en Yougoslavie afin de dénicher un poste à la mesure de son talent.

— Tu as vingt-six ans. Tu es jeune... Si tu y allais toi aussi? Mais oui, si tu l'accompagnais!

La future maman regarda sa compagne avec des yeux d'envie. Tout se bousculait si vite dans sa tête qu'elle semblait partie dans une grosse bulle où les rêves sont bleus, et toujours bleus. Lise-Ann la regarda gravement mais respecta son silence jusqu'à ce que Priscille active ses paupières pour annoncer qu'elle sortait de sa féerie.

— C'est fou ce que l'imagination peut nous amener loin, si loin en un instant! J'y étais déjà, ricana-t-elle.

— Il n'y a rien qui t'oblige à demeurer ici. Tu es à l'aise financièrement et je suis convaincue que ce voyage te ferait le plus grand bien. Le dépaysement serait excellent pour ton moral. De plus, tu seras avec Gary : quoi demander de plus? Il prendra conscience de ton état. Il sera heureux, crois-moi.

— Je veux bien te croire. Je vivrai tout cela si je dis OUI à la présence du bébé en moi.

— Les bas et les hauts que tu éprouveras jusqu'à ton accouchement deviendront vite une belle réalité pour Gary. Et si cela devait le rapprocher de toi?... Ne crois-tu pas qu'il vaille la peine d'y penser? ajouta Lise-Ann sur un ton presque maternel.

— J'y penserai! J'y penserai! Mais, toi, Lise-Ann, tu n'avais pas quelque chose à me confier, non? Qu'est-ce que c'est?

— Bien... au moment où on se parle, je sais que Pierre est au bureau. Mais à dix-sept heures, il aura fini sa journée de travail et il n'entrera pas. Depuis le temps qu'il agit ainsi...

— Tu ne m'en avais jamais parlé.

— J'espérais toujours un changement pour le mieux, mais c'est exactement le contraire qui se passe. Je n'en parlais pas parce que je croyais toujours à une amélioration.

— Ce semble un grand bébé qui a perdu la première place à la naissance de Magali. On dirait qu'il te punit en agissant de la sorte.

— Ce n'est quand même plus un gosse : il a vingt-neuf ans! Mais le pire, c'est qu'il est de plus en plus violent.

C'est devenu insupportable!...

— Je ne comprends pas très bien. Violent... violent... comment?

— Il m'en fait voir de toutes les couleurs. Je songe même au divorce. Je connais un bon avocat, Maître Jacques Mireault. Tu es la première personne à qui j'ai le courage d'en parler. Parfois je me dis que c'est moi qui ai tort, parfois je chasse toutes ces idées noires, mais... C'est difficile tout ça.

Lise-Ann raconta les dernières crises de Pierre ainsi que les motifs. Elle remit son mouchoir dans sa bourse. Priscille lui suggéra de prendre le temps de réfléchir vu la gravité de la décision.

— Je te connais, Lise-Ann, et je sais que tu ne feras jamais marche arrière. Cette décision demande du calme et de l'assurance. Aussi, parle avec Pierre. Discute avec lui, mets-y tout ton coeur.

— Il n'a jamais le temps de m'écouter.

— Oblige-le à le faire. Puis si vous vous séparez, tu ne pourras pas te culpabiliser. Tu auras fait tout ton possible.

— Oui, j'essaierai une dernière fois.

Les clients commençaient à entrer, Priscille consulta sa montre et se leva impulsivement.

— Il est dix-sept heures trente.

— Pas vrai? Heureusement, qu'il n'y avait pas de crème glacée dans mes sacs d'épicerie!...

Elles sortirent et gagnèrent la maison. Lise-Ann sourit au joli dessin de Magali : un gros soleil rieur éclairait des clowns en culbute. Bien sûr, Pierre n'était pas encore entré. Imaginant que Magali jouait chez la voisine, madame Duteuil, comme tous les vendredis, Pierre lui téléphona.

Ce soir-là se glissa dans une nuit de clair de lune et Lise-Ann fut encore seule dans son lit. Trop grand. Trop vide. Vide de cette vie. Vide de Pierre. Elle parvint à s'endormir mais se réveilla souvent en étirant un bras, allongeant l'autre pour se rendre compte finalement qu'elle devait encore attendre. Somnolente, elle regarda l'heure, se leva et alla boire un grand verre d'eau fraîche.

« Si tu savais, Pierre, comme je te hais quand tu me fais ça! Si tu savais tout ce qui se passe dans ma tête... tu aurais peur de moi! »

Décidée à veiller, elle attacha les cordons de son peignoir. Rester debout comme une sentinelle. Faire le guet, la surveillante, la police... Elle arpenta la cuisine, se dirigea à la fenêtre du salon, tira le coin du rideau espérant voir deux phares allumés, mais rien. Rien ne se passa. Elle inventait des histoires épouvantables qu'elle n'avait jamais besoin de vérifier et reprit, bredouille, le chemin de sa chambre.

Pierre entra à l'aube et déposa près de la chambre de Magali une poupée achetée cet après-midi-là. Il défit le noeud de sa cravate mais ne prit pas le temps de ranger son veston. Il s'étendit sur le divan dans le grand salon et les ronflements ne tardèrent pas.

Après l'arrivée de son mari, Lise-Ann connut un sommeil agité. Depuis plusieurs mois, jamais de nuit réparatrice. Elle songeait. Mille et une inquiétudes faisaient la ronde dans son esprit tourmenté. Elle savait maintenant qu'elle se rendrait au bout de sa décision. C'en était trop. Elle voulait divorcer de cet homme qui ne partageait même pas la partie la plus intime de son existence. Coûte que coûte, je parlerai à Pierre, se promit-elle... Mais Magali se réveilla de bonne heure. Au lever de Lise-Ann, elle serrait déjà dans ses bras la poupée trouvée à la porte de sa chambre. Toute de suite, elle la nomma Julie et gagna le salon pour remercier son père. Aussitôt, Lise-Ann attaqua :

— Une fois de plus, Pierre... et encore... et encore! Tu te fiches pas mal de ce que je suis.

Pierre s'avança lentement vers elle et lui serra si fort le bras qu'il laissa des marques.

— T'es jamais contente, toi. Tu as tout ce qu'il te faut ici et tu trouves encore le moyen de chialer.

— Tu me fais trop mal : je te dis qu'un jour, tu le regretteras. Et ce jour n'est pas si loin.

— Ne parle pas si fort, j'ai un terrible mal de tête, rétorqua-t-il en portant la main droite sur son front.

Plus Lise-Ann menaçait, plus Pierre devenait malin.

— Tu es sans coeur. Tu oublies tout ce qui vit ici.

Elle voulut enchaîner, mais Pierre, énervé, l'interrompit.

— Tu vas d'abord m'écouter. J'ai travaillé toute la semaine, je peux bien me payer un petit luxe, bon dieu!

— Tu te paies ton petit luxe tous les soirs et c'est moi qui paie la note.

— Je paie mes affaires.

— Ce n'est pas d'argent que je parle et tu le sais très bien.

— Ah! et puis après?

Elle le prit par les deux bras et serra fort en le secouant. Craintive, Magali les observait.

— Je me sens trop seule. Je veux me sauver de cette solitude qui me ronge. Je hurle de rage le soir quand je t'attends. Un jour, ce sera toi qui te retrouveras seul et tu crieras à ton tour ton mal de vivre.

Pierre se sentit coincé et poussa si fort sa femme qu'elle heurta le coin formant l'angle du salon et de la cuisine. Sous le choc, elle tomba. Magali éclata en sanglots.

— Arrête papa, c'est maman! Arrête! Je veux pas que tu fasses mal à maman!...

En se relevant, Lise-Ann proposa à sa fille d'aller jouer dans sa chambre. L'enfant quitta à regret en faisant la moue vers son père. Pierre continua à se vider le coeur.

— Ne me fais pas de menaces, Lise-Ann!...

Il but plusieurs gorgées à son verre déjà commencé et ajouta :

— Si tu continues à me parler sur ce ton, je ferai une bêtise. Et tu ne seras plus là pour me pardonner... si tu comprends ce que je veux dire. Cette vache de vie t'amènera loin, très loin entre quatre petites planches de bois.

— Deviens-tu fou?!... C'est bien trop grave ce que tu dis là!...

— Peut-être, mais je ne le pense pas moins.

— Tu me fais pitié.

— Pleure pas sur moi, garde ça pour les semaines quand tu auras les jambes dans le plâtre. Tu sais, un accident, c'est vite arrivé...

Pierre demeura assis tout l'avant-midi à boire sa bière et fumer des dizaines de cigarettes. On aurait dit un fumoir. Vers treize heures, il toussa très fort comme pour extérioriser tout le mal qu'il avait encore dans le coeur. Il apostropha à nouveau sa femme un peu calmée.

— J'ai faim.

À cet instant, Magali sortit de sa chambre et s'en alla tout droit dans les bras de son père.

— Dis, petit papa, est-ce que tu m'aimes beaucoup, moi?

— Mais oui, ma jolie, répondit Pierre en plaçant sur son coeur Magali et sa poupée.

— Dis-moi, tu aimes aussi maman, hein papa? Maman aussi, tu l'aimes? insista-t-elle en cherchant le regard de son père.

— Bien sûr, je vous aime toutes les deux.

— Toutes les trois, dit-elle en ramenant le bras de son père sur sa poupée.

— C'est vrai, toutes les trois rassura Pierre en touchant le petit être inanimé.

Au milieu de l'après-midi, mine de rien, Pierre laissa tomber tout bonnement :

— J'ai l'intention de partir quelques jours, une semaine tout au plus, question de faire le point, de réfléchir un peu.

Lise-Ann vint pour prendre la parole mais Pierre devina et trancha :

— Tu ne peux pas m'accompagner, Lise-Ann. Je veux y aller seul. Je désire vraiment repenser notre situation, faire mon bilan.

— Tu sais, on pourrait faire garder Magali si tu acceptais que je t'accompagne. Priscille m'a déjà offert à plusieurs reprises de s'occuper d'elle si jamais besoin était.

— Non! Non! Si je pars, ce sera seul, je te l'ai dit.

Lise-Ann acceptait mal cette décision. Elle se sentait encore laissée pour compte. Blessée et consciente de son échec, elle commenta :

— C'est ça, vas-y. Et pars le plus vite possible, ce sera le mieux pour toi et peut-être pour nous deux.

Elle se leva, alla chercher l'arrosoir et abreuva en bougonnant un philodendron qui étalait ses grandes feuilles dans la fenêtre du salon. Le coeur de Lise-Ann était aussi sec que la terre dans le vase. Puis elle se dirigea vers le terrarium près du téléviseur. À cet instant, elle feignit un bonheur. Elle se mentait à elle-même comme si les mensonges venus de l'extérieur ne lui suffisaient pas. Cruel destin! Le front plissé par son désir de tout comprendre, elle se rendit dans sa chambre et ouvrit l'annuaire téléphonique à la page deux, pointa du doigt : Violence conjugale S.O.S. et hésita... Elle sortit vingt-cinq minutes plus tard.

— Tu es toute rouge, maman.

— Ce n'est rien, je crois que c'est parce qu'il fait trop chaud.

— Ah! s'exclama l'enfant sans comprendre.

Pierre lut sur le visage de sa femme une immense tristesse mais son coeur ne s'ouvrit pas.

CHAPITRE 2

Pierre était parti depuis cinq jours. Lise-Ann espérait au moins un changement dans son attitude agressive envers elle. Pendant toute la nuit précédant son départ, il avait écouté de la musique classique. Le volume du son était tellement élevé qu'il avait empêché Magali et sa mère de dormir.

Pendant que Lise-Ann approfondissait ses réflexions en surveillant Magali, chez leur voisin, le drame se préparait. Par ce bel après-midi ensoleillé, Marie-Soleil et son papa, profitèrent de la chaleur du début de l'été pour se baigner. Le temps d'aller répondre au téléphone dans la maison, Hugues laissa l'enfant un moment. Préoccupé par les préparatifs de la baignade, il avait oublié de sortir l'appareil téléphonique à l'extérieur. Ce court laps de temps avait suffi à la mort. Elle était venue dans toute son horreur chercher le beau rayon de soleil qui restait. Marie-Soleil venait de se noyer.

En revenant, Hugues retrouva Marie-Soleil flottant inanimée dans la piscine. Un cri d'horreur étouffé, puis la respiration artificielle, puis un grand cri de rage aux voisins pour appeler l'ambulance avec l'oxygène, puis encore la respiration artificielle et les voisins au bord des larmes qui s'agglutinaient, puis... Hugues ne s'arrêta qu'à l'arrivée des ambulanciers qui prirent sa relève. Quand ils emportèrent sa Marie-Soleil, il fondit en larmes. Ses nerfs avaient lâché, Hugues était démoli. Il appela sa femme et ne put rien dire. À coups de questions angoissées et de monosyllabes comme réponses, elle devina le drame et accourut impuissante. Ils pleurèrent dans les bras l'un de l'autre. En hoquetant, ils commandèrent les préparatifs de la fin des fins pour Marie-Soleil. Puis affaissés, demeurèrent silencieux.

Au salon funéraire, ils reçurent les parents et amis comme des automates. Hugues surtout n'arrivait pas à se ressaisir. C'est sa femme, la mère, qui dut le soutenir dans sa violente crise lorsqu'on ferma le cercueil. Comme perdu dans un autre monde, Hugues n'arrivait pas à réaliser tout ce qui se passait, à accepter cette insupportable réalité.

Deux jours plus tard, le soleil brillait de toutes ses forces quand des centaines de personnes se rendirent à l'église Saint-Georges. Lorsqu'on entra le corps de Marie-Soleil, un gros nuage gris vint masquer la clarté du firmament. Un minuscule cercueil tout blanc au milieu de la grande allée drainait toute l'attention. Un long tissu, couleur de neige, recouvrait la dernière maison de l'enfant. Hélène et Hugues y avaient déposé quatre lys blancs parce que Marie-Soleil aurait eu quatre ans ce jour-là.

Des grands-mamans et des grands-papas inconnus de la petite priaient ici et là dans l'assistance. Plusieurs retenaient leurs larmes pendant que les autres tenaient leur tête à deux mains en interrogeant le ciel. Toute la gamme des émotions secouait la foule.

Le célébrant prononça les paroles du Royaume.

« Chers parents, le Seigneur accueille votre enfant dans sa grande bonté. Tous les anges chantent leur allégresse d'accueillir un des leurs. Marie-Soleil portait tellement bien son nom : gaie, souriante comme un matin de printemps, Marie-Soleil a vécu. Comme un nouveau matin, elle revivra puisque chaque nouvelle journée sera une promesse d'aller la rejoindre quand Dieu l'aura décidé pour chacun de nous. »

Le prêtre dut arrêter pour prendre une grande respiration et réviser ses notes. « Remplie de délicatesse et de timidité, Marie-Soleil est sûrement entrée au paradis en disant : « Excusez-moi, mais je veux savoir si mes toutous sont tous arrivés. J'attendrai, s'il le faut. »

Ses parents échangèrent un regard douloureux. Ils revirent leur Marie-Soleil sur son manège derrière la maison, entendirent ses rires et cris de joie. Elle redevenait la plus belle des princesses. Hélène repassait dans son coeur tous les instants de joie qu'elle avait connus avec elle. Hugues revoyait le ballon bleu et blanc si souvent envoyé, la dernière glace au chocolat, la dernière ballade en auto, l'achat de la première bicyclette avec ses roues de support en arrière pour donner plus d'assurance à la curiosité amusée de sa petite fille.

À la sortie de l'église, chacun y allait de son interprétation.

— La p'tite s'est noyée. Elle était toute seule dans la piscine, j'sais pas c'qu'ils ont pensé...

— Moi, j'ai entendu dire que son père était avec elle mais je me demande où il avait la tête...

— Y'a dû arriver quelqu'un, pis...

— En tout cas, une chose est certaine : la p'tite va leur manquer. Ils l'aimaient comme des fous, c't'enfant-là.

— Y paraît que le père est un homme très

dépressif. Y en a qui ont peur que...

— C'est vrai, trois ans avant la naissance de sa fille, il s'est déjà ouvert les veines pour bien moins que ça...

Magali, elle, se retrouva toute seule, sans la petite compagne avec qui elle jouait toujours. Ne lui restait plus que sa poupée Julie parce qu'un stupide accident avait pris la vie et les rires de son amie. Magali semblait paralysée par la tristesse. Elle n'arrivait pas à comprendre que Marie-Soleil ne reviendrait pas.

— Marie-Soleil n'a plus bien faim parce qu'elle ne va plus dans sa maison, dit-elle un soir à sa mère.

— C'est vrai?

— Elle ne s'ennuie pas beaucoup de moi, elle ne vient plus me chercher pour sauter à la corde.

— Marie-Soleil ne sautera plus jamais à la corde ni avec toi ni avec son papa.

— Je crois bien qu'elle n'aime plus la glace au chocolat, son père ne va plus lui en chercher.

— Elle ne mangera plus jamais de glace, ni au chocolat ni aux fraises.

— Même au caramel?

— Non plus.

L'enfant regarda sa mère avec un grand point d'interrogation dans les yeux.

— Pourquoi tu dis toujours des JAMAIS, maman, pourquoi? demanda la fillette en sortant une boîte de casse-tête qu'elle laissa aussitôt de côté.

À ce moment-là, Lise-Ann prit son enfant, la serra très fort contre son coeur comme pour éloigner le fantôme de Marie-Soleil. Elle jouait dans les boucles que l'humidité avait formées dans les cheveux de Magali. Elle la berça et lui chantonna une petite comptine. Calmée, Magali laissa sa mère chanter jusqu'à la fin et répéta :

— Pourquoi toujours JAMAIS, maman?

— Ma chère petite Magali, tu sais que Jésus aime beaucoup les petits enfants. Il a aimé Marie-Soleil tellement fort qu'il l'a reprise avec lui. Elle est si bien, si bien près de Jésus dans son grand ciel qu'elle n'aura plus jamais envie de revenir ici.

— Jamais?

— Non, jamais, jamais.

— Maman, je ne ...

Le téléphone sonna longtemps avant que Lise-Ann se décide à répondre. Pierre annonçait son retour.

— C'est papa, il arrivera bientôt.

— Youppi!... Mais maman, je ne veux pas que Jésus m'aime tant que ça.

— Pourquoi ?

— Parce qu'il va venir me chercher, pis je ne

37

serai plus avec toi et papa.

— C'est bien, ma chérie. Dans ce cas-là, nous resterons ensemble encore longtemps.

Lorsque les parents en deuil apprirent l'attitude de Magali, ils en souffrirent davantage. La vie leur avait été si cruellement insupportable depuis quelque temps!

Hélène, toujours infirmière, travaillait depuis longtemps dans le même Centre Hospitalier. Elle accepta davantage de travail supplémentaire pour essayer d'oublier le drame qu'elle venait de vivre. Elle s'acharna. Par contre, Hugues demeurait prostré. Après le souper, souvent Lise-Ann le visitait. Sa sympathique voisine ne demeurait que le temps de partager un verre de cognac. Aux côtés de Lise-Ann, Hugues trouvait un peu de consolation. Par contre, la présence de Magali lui transperçait le coeur.

Le soleil bas à l'horizon empourprait les érables et les bouleaux. Les ombres s'allongeaient glissant dans l'oubli de la nuit. Pierre, revenu depuis peu de temps de sa retraite laissait vivre sa femme. Ses bonnes intentions dureraient encore combien de temps? Son séjour dans le calme et la réflexion lui aida à retrouver le goût de vivre. Une certaine sérénité l'enveloppait. Mais cette sérénité cachait-elle quelque chose qui éclaterait à un moment imprévisible?... Il s'accrochait à la vie comme une fleur à son bouquet. Il fut très ému par le décès de Marie-Soleil.

Pierre raconta à sa femme les entretiens avec le Père Lemieux. Les rencontres simples et fort amicales lui firent prendre conscience de son bon coeur, mais aussi de sa violence et de sa jalousie. Il réalisa son impuissance à réagir normalement dans les scènes courantes de la vie. Fin psychologue, le prêtre de soixante-quinze ans répéta tellement souvent les mêmes phrases qu'elles finirent par se frayer un chemin. Pierre en fut réconforté. Une grande complicité entre les deux hommes poussa Pierre à se confier totalement.

Quelques jours plus tard, Pierre invita sa femme à l'Estérel pour une semaine, là même où ils avaient fait leur voyage de noces. Ils s'y retrouvèrent avec plaisir pour leur sixième anniversaire de mariage.

Les sapins offraient des gerbes de verdure aux visiteurs attentifs à leur beauté. Les amoureux souriants se plaisaient le soir à marcher dans les sentiers champêtres. Lise-Ann passait parfois une réflexion sur un autre couple, mais Pierre, lui, demeurait indifférent à ces personnes qui n'avaient rien à voir avec son nouveau bonheur. D'un pas léger, ils avançaient vers la quiétude. Un soir, une petite averse les fit se rapprocher davantage.

— Lise-Ann, ma chérie, depuis plusieurs jours, j'ai une peur bleue de te perdre. Je craignais sans cesse qu'en revenant à la maison, tu n'y sois déjà plus. J'en ai été très angoissé.

— J'y ai souvent pensé, Pierre, tu m'as fait si mal et si souvent, mais j'ai voulu t'attendre... Encore. J'ai voulu à tout prix prendre le temps de réfléchir et te laisser réfléchir.

Pierre mit doucement la main sur la bouche de Lise-Ann comme s'il avait peur d'entendre la suite.

— Laisse-moi continuer, dit-elle en souriant et conduisant la main de Pierre sur son sein. J'ai voulu toute ma vie avec toi t'apporter le bonheur.

— Je le reconnais et te remercie pour tes efforts que je n'ai pas toujours mérités.

Lise-Ann embrassa Pierre et devant son silence ému, continua.

— Mon chéri, donnons-nous le temps de vivre, le temps d'aimer la vie. Et toi, s'il te plaît, prends le temps de voir Magali, son plaisir au jeu, sa gentillesse, ses joues gonflées lorsqu'elle croque un fruit. Arrête-toi un peu pour vivre.

— Tu as raison, je devrais m'arrêter plus souvent.

Ils se blottirent dans les bras l'un de l'autre cherchant à s'y faire un seul nid.

Les couples se multipliant trop autour d'eux, Lise-Ann et Pierre décidèrent de monter à leur chambre afin de continuer d'être bien. La radio restée allumée offrait une belle musique de tango. Tous leurs pas devinrent des signes d'amour réciproque. Après deux danses consécutives, Pierre se laissa choir sur le grand fauteuil. Lise-Ann remplit deux flûtes de champagne et ils trinquèrent avec plaisir. Dans son déshabillé vaporeux et blanc par surcroît, elle était tout à fait désirable. Elle brossa lentement ses cheveux et Pierre s'approcha d'elle. Il dégagea la brosse et caressa longuement la main. Il effleura de ses doigts la brune chevelure quand Lise-Ann ramena la tête en arrière pour se retrouver tout près des lèvres chaudes de son mari. Dans un tourbillon d'émotions, Pierre ramena contre sa poitrine cette femme qui était toujours la sienne, et davantage ce soir.

Sur l'oreiller, ils parlèrent jusqu'à une heure

tardive dans la nuit. Plus de bruit à l'extérieur ni dans les chambres voisines; tout semblait calme.

Pierre promena ses mains sur le corps de Lise-Ann. Sa peau était douce comme du satin, ses cuisses et ses seins devinrent ses premières cibles. Il plaça ses mains sur le ventre, descendit pour explorer la partie intime de ce corps qui s'offrait à lui dans un abandon total.

— Tu es merveilleuse.

— Je veux t'aimer follement ce soir, Pierre. Je veux que tu m'aimes comme jamais tu n'as pris le temps de le faire. Je me sens comme une enfant à qui on redonne une permission.

Lise-Ann reçut beaucoup d'amour et de tendresse depuis si longtemps espérés. Mais cet amour sonnait-il faux? Pierre était-il sincère quand il avouait à sa femme qu'il l'aimait? Pourquoi avait-il toujours dans la voix ces petites nuances qui le rendaient non crédible à Lise-Ann? Elle avait parfois la nette impression que son mari la trompait dans ses pensées. Elle crut longtemps que la présence de Pierre n'était que physique. Il aimait pourtant l'amoureuse qu'elle était. Elle aurait préféré se laisser aimer silencieusement et goûter l'instant présent, mais le pouvait-elle vraiment?...

Les jours succédèrent aux jours et les nuits aux nuits de passion retrouvée. Le ressourcement fut agréable, délicieux, sans nuage.

Magali rapporta à ses parents toutes les péripéties qui meublèrent sa vie durant leur absence. Elle tenait un ourson brun pâle dans ses bras : Teddy. Il avait le regard triste. Elle le tenait bien au creux de son bras gauche niché sous son coeur comme si elle voulait le réchauffer. Ses parents ne connaissaient pas ce petit personnage aux yeux fixes. L'enfant expliqua :

— Un soir, le papa de Marie-Soleil se berçait sur la galerie. Je jouais avec mon gros ballon rouge dans la cour de madame Duteuil. Puis il m'a demandé de venir marcher avec lui sur le trottoir. Madame Duteuil a dit : oui, et j'ai remplacé Marie-Soleil à côté de son papa.

— Et l'ourson?

— Bien, après notre marche, il m'a fait rentrer dans sa maison et il est allé dans la chambre de Marie-Soleil. Après, il est sorti avec Teddy qu'il regardait beaucoup, beaucoup. Il l'a placé gentiment dans mes mains.

— Es-tu contente de l'avoir? demanda Lise-Ann.

— Oh! oui, maman, parce que le papa de Marie-Soleil m'a dit que moi je pouvais encore serrer Teddy très fort, et que Teddy s'ennuyait de sa petite maman. Puis il s'est mis à pleurer beaucoup. Je lui ai donné un gros baiser.

— Je le trouve joli Teddy, mais je n'ai jamais vu Marie-Soleil avec lui, dit Lise-Ann qui repassait une robe pour l'enfant.

— C'est bien certain, elle l'a eu juste avant de mourir dans la piscine.

La voix de l'enfant trembla. Magali savait que peu avant sa mort, Marie-Soleil devait voir son oncle

Bruce afin d'apprendre à nager comme les grandes personnes. Quant à Magali, elle avait maintenant peur de se baigner parce qu'elle ne voulait pas mourir comme sa petite amie. Ses parents eurent beau essayer de la convaincre, elle ne voulut plus JAMAIS se baigner.

CHAPITRE 3

De bon coeur, en quête de connaissances nouvelles, d'aventures et d'émotions, Priscille Cabrel l'amie de Lise-Ann, partit pour l'Europe avec son Gary Deroy. Par un magnifique matin, ils prirent l'avion à Mirabel pour arriver à Orly en France. Les hôtesses de l'air se montrèrent très courtoises avec la voyageuse enceinte, surveillant ses moindres gestes. Priscille devint la cible parfaite des regards, attentions et sourires.

Tel un lever de soleil, six beaux mois se dessinaient devant eux. Leur enfant naîtrait là-bas : quelle merveilleuse perspective! Les deux voyageurs apportèrent peu de bagages car se promener d'un pays à l'autre avec trop de pénates devient encombrant. Une simple valise au féminin et une autre au masculin : voilà, ils avaient tout ce qu'il leur fallait.

Que de gens! Que de gens! Ils crurent que la planète n'était pas assez grande pour supporter tout ce monde. Leurs yeux s'émerveillèrent devant des radieux couchers de soleil. Ils demeurèrent fort impressionnés en regardant ces immenses édifices... un peu plus et ils touchaient aux nuages. Un soir, à l'heure du souper, ils aperçurent un homme d'une trentaine d'années poussant un carrosse à deux places. Des jumeaux, mais quels jumeaux! Dieu! qu'ils se ressemblaient. Gary et Priscille se regardèrent, puis dans un éclat de rire, poussèrent des WOW enthousiastes. Priscille se sentit légère comme un arpège.

Priscille écrivait quantité de notes dans son

album de voyage à l'intention de Lise-Ann. Elle avait promis de la contacter le plus souvent possible. Bien sûr, ce fut Paris qui les reçut d'abord. Priscille fut vite séduite par ce petit quelque chose en regardant la Seine pour la première fois. En France, les intérieurs des édifices reluisaient de propreté, ce qui fit le bonheur de la jeune voyageuse. Les gens astiquaient tout. Dans les demeures, le café toujours chaud attendait. Des amis français, rencontrés quelque part dans un bistrot, les invitaient souvent à boire un bon café frais du jour. Ce breuvage d'une importance capitale pour les Français du Nord est ce que la bière apporte aux Bavarois, découvrit-elle.

Elle parlait de la présence de son enfant. À maintes et maintes reprises, elle sentit la vie en elle. Cette petite merveille bien préparée en terre québécoise devait voir le jour en Suède d'après l'itinéraire conseillé par l'agence de voyages « Belles Ailes ». Gary avait eu la bonne idée d'apporter son permis de conduire international, ce qui leur facilitait toutes sortes de déplacements.

Gary profita de l'occasion pour ajouter son grain de sel à la missive que Priscille venait à peine de commencer. LA RICHESSE DES PRAIRIES ET DES JARDINS DE LA CÔTE, faut voir!

Que de pommes! Des milliers de pommes. Des millions de pommes en Normandie où Priscille a bien profité de son séjour pour sabler le cidre.

La Côte d'Azur! Magnifique! Splendide! Le grand calme scintillant de la Méditerranée. Heureux et comblés, ils séjournèrent au grand hôtel Mercure Montmartre puis à la résidence Champs-Elysées. Ils étaient là comme des rois... seuls les trônes manquaient.

46

Les deux amoureux mangeaient comme des princes le midi, et le soir, comme des monarques. Priscille écrivit à Lise-Ann que depuis son arrivée, elle avait pris plusieurs kilos. La gourmandise était toujours au rendez-vous.

Ici, c'est le paradis des gastronomes. Dans l'Ain, nous dégustons les truites du pays de Nantua, les délicieuses poulardes à la bressanne. Tandis que dans l'Allier, les incomparables truffes de Bourdon-l'Archambault font les délices de notre palais. Je tiens à te mentionner que dans l'Ardèche, les volailles rôties au bois de sarment et relevées d'une pointe d'ail sont tout à fait succulentes. L'Ail fait chanter le vin dans les verres, conclut-elle.

La future maman rapporta dans ses écrits une belle histoire : de savoureux vins coulaient d'une fontaine d'argent dans un bassin placé au milieu de la table. Puis les gens y mangeaient de gigantesques gâteaux d'où s'échappaient des petits enfants déguisés en amours. Délicieuse légende! Priscille se mit à imaginer son fils sur une pâtisserie géante...

Son âme lyrique s'élevait sur les terrasses des cafés de Saint-Germain-des-Prés. Elle se laissa facilement emporter par toutes les émotions qui l'habitèrent et donna libre cours à ses pensées d'évasion.

Ils visitèrent beaucoup de villes dont ils avaient entendu parler par des amis. Ils étaient convaincus que les yeux sont les instruments pour faire écrire les poètes.

Gary continua ses cours. Il était ravi de tout avoir près de lui. Priscille eut quelques malaises qui ralentirent leurs sorties. Une fois remise sur pied, elle continua avec l'homme de sa vie un voyage qui glissa dans sa mémoire à tout jamais. Son état la fatiguait parfois, mais elle voulut à tout prix profiter pleinement de ces beaux mois qui ne reviendraient certes pas.

De leur côté, Pierre et Lise-Ann grugeaient tout ce qui leur restait d'amour. Pierre, n'ayant pas encore compris qu'elle avait un besoin vital de lui, reprit bientôt ses folles sorties. Il allait de déboire en déboire et ses lubies d'hier ne lui suffisant pas, d'autres s'ajoutèrent.

Un certain dimanche soir de fin juillet où Lise-Ann soignait un pénible mal de tête, Pierre lisait une revue américaine en prenant une bière. Lise-Ann, assise en face de lui de l'autre côté du patio, vêtue seulement d'une chemise de nuit le regardait. Elle ne pouvait pas se concentrer sur sa broderie. Ses yeux allaient de Pierre à son ouvrage et de son ouvrage à Pierre comme un train qui fait la navette entre deux grandes villes. Ils entendirent des pas qui venaient du côté de la maison. C'était Hugues.

— Bonsoir, grommela-t-il un peu timide.

Il remit à Pierre la pelle qu'il lui avait empruntée la veille.

— Salut! fit Pierre en refermant le périodique qu'il tenait depuis une trentaine de minutes.

— Bonsoir madame, salua-t-il gentiment dans un salut comme font les Japonais.

— Hugues.

— Lise-Ann, va chercher une p'tite brune au réfrigérateur, j'en ai placé cet après-midi.

— Tout de suite, Pierre.

Elle en profita pour enfiler son peignoir vert menthe. Revenant vers Pierre et son visiteur, elle présenta la chope de bière à Hugues qui la regardait :

— Merci! Vous êtes ravissante dans cette teinte de vert.

Elle sentit une rougeur marbrer son visage mais ne s'y arrêta pas. Maladroitement, elle reprit sa chaise. Malgré le manque habituel d'attention qu'il portait à sa femme, Pierre vit bien la scène. Il ressentit un vif sentiment d'antipathie.

— Finies les vacances, Pierre? questionna Hugues en quête d'une quelconque interrogation pour reprendre la conversation.

— Oui ! Elles sont bien finies et j'en suis ravi, fit-il dans un sourire ironique.

Il sentait toujours la colère monter en lui, mais la cacha très bien afin de mieux découvrir les tractations de ce « nouveau couple » qu'il soupçonnait déjà.

— Vous travaillez encore à la Librairie des Seigneurs? poursuivit Lise-Ann voulant brouiller le jeu de son mari.

— Des livres! Des livres! Je ne vois que cela. Je suis préposé aux livres et je dois bientôt me rendre à Québec pour voir les nouveautés. Je serai gagnant en y allant car les commandes que je devrai faire à l'avenir se calqueront sur du « déjà vu ». Un peu plus tard, je me rendrai à Sorel et à Montréal pour les mêmes motifs.

— Votre femme travaille-t-elle encore à l'hôpital? interrogea Lise-Ann en prenant une gorgée de boisson gazeuse.

— En effet. Hélène ne peut pas se libérer avant l'automne. On ferme des lits et on a réduit considérablement le personnel à cause des vacances estivales. Alors, elle se doit d'y être malgré la grippe qui la fatigue beaucoup ces temps-ci. Le travail, voilà un moyen d'échapper aux sombres souvenirs des dernières semaines.

Un nuage gris passa dans ses yeux, et un regard du côté où il n'y avait personne...

— Marie-Soleil prenait toute la place... Maintenant, la maison est bien grande... vide... Trop calme.

Voulant reprendre le contrôle de la situation, Pierre s'imposa :

— Je lisais dans cette revue qu'il y a six cents points d'acupuncture sur le corps humain. Que leur stimulation peut même se faire au laser.

— Comme c'est bizarre, ce que tu dis. Elle est super, cette technique, confirma Hugues souvent enclin à des idées nouvelles bien que passagères.

La toile de fond de ses pensées demeurait son enfant enjouée comme un chaton, douce comme une sirène et maintenant inerte comme une fleur séchée.

La discussion s'engagea quand même entre les deux hommes. Lise-Ann remarqua plus que d'habitude ce personnage grand, aux yeux vifs bleu profond. Il montrait une grande assurance avec sa forme physique splendide, sa chevelure noire et abondante qui cadrait bien son teint bronzé. Mince, et avec sa moustache rieuse, il affichait presque un air italien. Lise-Ann se laissa aller aux titillements qui la réjouissaient. Hugues ne prit pas le temps de terminer sa deuxième bouteille que la lassitude de la journée eut raison de lui. Abandonnant ses voisins, il retourna chez lui emportant dans la pensée l'émoi de Lise-Ann, et sur ses lèvres, son prénom.

Dès le départ de Hugues, Pierre se transforma en tempête. Un orage de questions, d'insinuations et d'injures éclata.

— À partir du moment où il a fait son apparition, tu te sentais bien mieux, hein? Tu n'avais plus ta migraine, n'est-ce pas, Lise-Ann? Tu étais comme une amoureuse silencieuse, oui, une amoureuse clandestine, accusa Pierre emporté dans une sale jalousie.

— Je te défends de penser cela, Pierre. Je te l'interdis. Où vas-tu chercher de pareilles sottises? C'est ton sentiment obscur d'insécurité qui te fait parler ainsi, en es-tu conscient ?

— Tu étais bien nerveuse au moment de le servir! Ah! tes gestes étaient recherchés, mais ils manquaient d'assurance : un aveugle aurait vu ça, espèce d'hypocrite!

Il lui serra le bras afin de lui faire comprendre son mécontentement comme si ses paroles n'avaient pas suffi. En toussant, il lui cracha au visage. Lise-Ann explosa :

— Salaud! Là, tu joues un jeu trop dangereux, Pierre.

— La ferme!

— Tu te trompes grandement. Tu me prêtes des intentions fausses, s'empressa-t-elle de répondre tout en cherchant à s'asseoir sur la chaise que Hugues avait occupée quelques instants auparavant.

Pierre, plus emporté que jamais, continua :

— Dès que j'ai aperçu ton regard sur lui, j'ai détesté cet homme. Je sens que tu désires lui appartenir mais tu fais erreur. Il ne viendra pas fouiller dans mon nid. C'est dans une jungle qu'il s'aventure. Il y a des filles qui ne demandent pas mieux que de coucher avec n'importe qui. Il n'a qu'à regarder autour de lui et il en trouvera par grappes de ces belles-de-nuit.

Il marmonna quelques mots en s'allumant une autre cigarette.

— Parle plus fort, Pierre. J'ai le droit de connaître ce que tu penses, rétorqua Lise-Ann, inquiète.

Un soupçon d'agressivité lui alluma les yeux. Elle continua.

— Quelle puérilité! Tu es comme des enfants dans une cour d'école qui se chicanent pour la plus blonde de leur groupe. Dis-moi ce que tu as sur le coeur à défaut de l'avoir dans le coeur.

— Je disais que l'homme est un loup pour l'homme. Je lui ferai la guerre et je n'ai surtout pas l'intention de capituler. Mon arme ne sera ni mitraillette ni fusil, mais seule la conviction que j'ai de te posséder jusqu'à ton dernier souffle de vie. Tu comprends, Lise-Ann, je l'assommerai avec mes paroles. Ton lapin inconscient reprendra vite son clapier, crois-moi!

Tendre et douce, Lise-Ann sentit une menace qui n'osait pas clairement dire son nom. Malgré son entêtement à vouloir guérir son bonheur, il se glissait une grande faille par où s'écoulait son courage. De peur de faire une folle d'elle en pleurant, elle étouffa ce besoin qui montait et proposa à Pierre d'entrer puisqu'il se faisait maintenant très tard.

— Je suis très fatiguée et tu ne tiens plus debout. Quelques heures de sommeil ne feront que nous apaiser.

— Entre si tu veux, moi, je reste ici. Je coucherai dehors si j'en ai envie. Ne me force pas à aller me coller les fesses contre toi, poursuivit-il agressif et rancunier.

— Tu manques de discernement, conclut sèchement Lise-Ann.

En haussant davantage la voix, elle ajouta :

— De toute manière, même ta présence me laisse un vide... Je crois que tu n'es plus rien pour moi.

Pierre la regarda et porta la bouteille à ses lèvres.

— Triste évidence... triste réalité, conclut-elle en ouvrant la porte patio.

Elle laissa derrière elle un homme étourdi et inconséquent dans ses paroles et ses gestes.

Lise-Ann passa sur son visage une eau claire puis appliqua en mouvements circulaires une crème de nuit à odeur de roses. Rendue dans sa chambre, elle ajouta une musique douce, et malgré la gravité de la situation, s'endormit bientôt. Elle omit ce soir-là de prier pour Pierre...

Son sommeil fut très agité; elle rêva beaucoup. Pierre, Hug... Priscille, Pierre... Dans un sursaut, elle se réveilla toutes les demi-heures. À l'aube, elle vérifia si Pierre était entré. Non, il s'était endormi sur le patio dans une chaise longue. La revue tombée à côté de lui s'agitait sous le vent mais ne le réveilla pas.

Priscille pensait régulièrement à Lise-Ann. Elle lui avait envoyé une longue lettre dans laquelle elle lui expliquait ce qu'elle avait vu en Espagne et au Portugal. Des photos accompagnaient ses écrits. Ces photos dévoilaient des beautés extraordinaires. De grands jardins de fleurs souriaient aux voyageurs. Elle nota expressément que les parcs de Madrid sont comme le refrain d'une chanson : ils se répètent mais c'est toujours beau. Plus féminine qu'une *Miss America*, elle remarqua la vitalité, la passion et la joie de vivre des Espagnols.

Les courses de taureaux l'attirèrent. Les cris entendus dans l'assistance résonnaient en elle comme des cris de douleur, mais elle y demeura jusqu'à la fin. Ces heures passées dans l'estrade l'avaient grisée mais aussi fatiguée énormément. Elle rentra assommée après avoir dégusté une délicieuse paella, ce succulent mélange de poulet, de moules, de riz, de crevettes et de pétoncles.

Priscille fit aussi remarquer à Lise-Ann, qu'accompagnée de Gary et des deux couples d'amis connus à Paris, elle assista à un spectacle de flamenco.

Ces chants et ces danses sur un accompagnement de guitare l'amenèrent au septième ciel.

Le Portugal, magnifique et minuscule pays, laissa ses empreintes dans le coeur de Priscille. La photographie de Porto apportait une note supplémentaire. Lise-Ann a longuement regardé cette photo : c'était pour elle une oasis de paix et de tranquillité dans le désert de plus en plus tourmenté de sa relation avec Pierre.

Priscille précisa : *Au Portugal, on a mangé beaucoup de sardines et de morue. Les marchands crient sans cesse : Vivinhas! Vivinhas! Veni a saltar! Vivants! Vivants! Ils sautent encore!... Et c'est par centaines de manières différentes que les femmes apprêtent ces poissons pour en faire des repas quotidiens.*

Lise-Ann admira une magnifique photo de Florence dominée par le dôme de la cathédrale Sainte-Marie-des-Fleurs et se mit facilement dans la peau de Priscille qui disait avoir marché sur le pont le plus célèbre de Florence, le Ponte Vecchio. Priscille disait y avoir acheté de minuscules souvenirs dans les boutiques d'artisanat, entre autres, des napperons jaunes pour la cuisine de Lise-Ann et une poupée chiffon pour tenir compagnie à Magali.

Pour Priscille, il n'était plus question d'interrompre sa grossesse. La future maman était comblée par les attentions de son mari, par les mille et une délicatesses qu'il avait à son égard. Un jour, elle avait longuement parlé avec lui. Il était devenu celui que toute femme aime aimer. Les gestes lents de la nuit se répétèrent dans la blancheur d'un souvenir mémorable. Le bonheur que Gary lui donnait n'avait d'égal que celui qu'elle appelait « mon enfant ». Elle palpait son ventre à maintes reprises tout au long de ces jours heureux. L'espoir de voir naître un poupon rayonnant de santé lui mit une clarté nouvelle dans les yeux. Cette vie en elle,

elle l'appela CHANCE.

L'image du bonheur de Priscille avec son mari ne fit qu'approfondir la nostalgie de Lise-Ann. Comment en était-elle arrivée à tant de déceptions avec Pierre? Comment Magali vivait-elle la situation, en resterait-elle marquée pour la vie?... Lise-Ann fixait son attention sur ces photos où abondaient fleurs et fruits exotiques dans les bas quartiers de Lisbonne. Ses rêves s'opposaient aux responsabilités de la maison, les heures données à sa fille et le travail à l'extérieur. Et de plus en plus, la peur empoisonnait sa vie.

CHAPITRE 4

Mercredi, vingt heures dix, le téléphone sonna. Lise-Ann sursauta comme d'habitude croyant toujours devoir affronter Pierre. D'autant plus qu'il était parti depuis lundi et n'était pas encore revenu. Mais non, c'était Hélène qui l'invitait à venir prendre un café. À cause aussi de la pluie de toute cette première semaine du mois d'août, Lise-Ann pensa que cette sortie briserait la monotonie et le silence de sa maison. Lise-Ann recoiffa Magali, lui mit un ruban bleu dans les cheveux attachés en queue de cheval et quitta en compagnie de l'enfant.

Hélène, encore très grippée, n'était pas retournée travailler après sa fin de semaine. Elle avait vu le médecin et devait prendre des antibiotiques. Bien qu'elle ne pouvait pas dormir, elle demeura étendue sur le divan du salon en attendant sa voisine.

La chambre de Marie-Soleil n'avait encore reçu aucun visiteur sauf le soir où Hugues était allé chercher l'ourson pour le remettre à Magali. Rassurée par la présence de Lise-Ann, Hélène ouvrit la porte de la chambre de sa fille, d'abord de quelques centimètres, puis complètement. Son coeur battait contre ses côtes. Elle crut pour un instant à une sorte de miracle où les sortilèges auraient tous disparus.

Lise-Ann regarda cette chambre spacieuse où entrait encore un peu de lumière. La fenêtre à carreaux restait décorée d'une cantonnière style autrichien de couleur turquoise. Le couvre-lit à plateau bouillonné avait une belle retombée. Le couvre-oreiller bordé d'un joli rucher dégageait l'effet d'une fine dentelle. Sur le lit, une poupée habillée de blanc demeurait assise, les bras étendus. Ses grands yeux bleus semblaient chercher quelqu'un : « Amenez-moi, je m'ennuie tellement ici! »

À côté d'elle, un minuscule chien aux yeux vifs regardait la poupée de Marie-Soleil, la gueule ouverte comme s'il venait tout juste d'aboyer. Un ciel de lit décorait la magnifique chambre de l'enfant. Près de son lit, s'étalait un grand chiffonnier blanc sur lequel était demeuré ouvert un livre de Walt Disney.

Lise-Ann demeura stupéfaite devant un tel décor. Elle cherchait une parole qui distrairait tout en respectant les sentiments de la maman.

— Il y a un bon film à la télévision, ce soir, rappela-t-elle en refermant la porte après avoir jeté un dernier coup d'oeil sur les personnages inanimés.

Mais Hélène ne comprit pas et murmura :

— J'espère qu'un jour j'aurai une autre Marie-Soleil qui ouvrira et fermera cette porte.

Quelques larmes coulèrent sur ses joues blafardes.

— Tu as vraiment une mauvaise grippe, toi.

— Oui, en effet. Je me soigne, mais cette vilaine ne me quitte pas. Désires-tu ton café maintenant?

— S'il te plaît.

Les deux femmes finirent par s'asseoir à la table

de la cuisine pendant que Magali qui avait apporté sa cassette préférée regardait des dessins animés sur magnétoscope. Les deux femmes poursuivant deux objectifs très différents, la discussion prit bientôt une autre direction.

— Pierre voulait planter des bouleaux en arrière de la maison mais ça n'a jamais été fait. J'aurais dû le faire moi-même. Je n'aime donc pas cela, toujours attendre pour qu'il fasse ceci ou cela.

— Pourquoi ne l'as-tu pas fait toi-même?

— Parce que si j'avais décidé de placer les bouleaux plus à l'ouest, il aurait préféré qu'ils soient plutôt du côté nord. Quant à refaire, j'ai préféré laisser tomber. De toute façon, ce n'est ni lui ni moi qui les regarderons croître.

Hélène prit deux gorgées consécutives, soupira et feignit de se lever... puis, décidée, posa froidement la vraie question :

— Est-il exact que Hugues va souvent chez toi le soir alors que je suis au travail?

— Il vient assez régulièrement, confessa Lise-Ann.

— Est-il vrai que toi aussi, tu viens faire des petites visites à MON mari?

Avec un tel accent mis sur le MON, Lise-Ann se sentit piégée. Elle n'avait pas le choix de parler, dire n'importe quoi faisant face à une amie en fin de compte.

— C'est arrivé juste une fois, affirma-t-elle dans

une demi-vérité.

Elle n'ouvrait pas facilement aux autres les sentiers de ses contes de fées.

— Pourquoi me questionnes-tu ainsi, Hélène?

— J'ai de malicieux voisins. Ils me donnent parfois des informations qui finissent par me gêner et même me blesser.

Peut-être pour attirer la sympathie ou simplement le respect de son mari par cette voisine, elle prit des airs de grande dame mal dans sa peau. Elle minimisa d'abord l'importance des informations reçues de ses autres voisins comme si elle voulait emprisonner des vérités qu'elle refusait de reconnaître. Puis démontra à Lise-Ann comme son mari avait bien changé depuis la mort de Marie-Soleil. Il était devenu tellement taciturne qu'il n'avait presque plus le goût de sortir, demeurait replié sur lui-même et ne pensait qu'au malheur qui s'était abattu sur eux. Elle conclut :

— Je me demande s'il sait que j'existe encore, mais en même temps j'ai tellement peur pour lui!

— Mais vous avez plusieurs amis. Il s'agirait que quelqu'un commence à le visiter et peut-être s'intéresserait-il à poursuivre les rencontres, encouragea Lise-Ann.

Hélène expliqua que lorsque des amis s'annonçaient, Hugues trouvait toujours une raison pour faire avorter la rencontre. Elle donna l'exemple de la semaine précédente où Karine et Roy Thompson les avaient invités avec eux à un match des Expos.

Malgré son engouement pour le baseball, il avait aussitôt refusé prétextant une douleur au dos.

— Tu te souviens, Lise-Ann, quand Hugues et ton mari coupaient le gazon, ils s'arrêtaient à tout moment pour parler baseball?... Ils trouvaient toujours pénible de retourner à la tondeuse qu'ils avaient tous les deux en horreur.

Les deux femmes, soit par nervosité ou désir d'évasion, éclatèrent d'un grand rire aussi sincère que thérapeutique. Pour Hélène, c'était la première fois depuis la mort de Marie-Soleil.

— Mais j'y pense là, Lise-Ann, es-tu seule ces temps-ci? Je ne vois plus Pierre depuis quelques jours.

— Il est parti lundi.

— Par affaires?

Lise-Ann en profita pour se défouler un peu. En accentuant la voix, elle parla de lubie, de folie, de caprice, même d'une certaine soif d'aventures. Elle rapporta la longue et violente discussion du dimanche précédent après le départ de Hugues de chez eux.

Elle insista sur les flots de paroles blessantes et d'accusations mensongères gonflés par sa jalousie malsaine. Puis son départ très tôt le lundi matin sans lui donner d'autres explications.

— Mais, as-tu au moins une idée où il est allé ?

— Je n'en sais rien. Ni où il est allé hier, ni où il se trouve en ce moment. Mais je sais une chose par exemple, il aime bien rouler. Il peut être loin...

— Et s'il t'arrivait quelque chose d'urgent, tu ne pourrais pas le rejoindre?

— Non.

Les deux amies parlèrent encore de Pierre, de son côté très possessif et de ses fugues de plus en plus nombreuses. Lise-Ann affirma qu'elle devenait de plus en plus indifférente à ses enfantillages. Mais en serrant les dents, elle avoua sa grande lassitude, son désenchantement, voire sa peur.

— Pierre est allé trop loin, il l'apprendra à ses dépens. Je crois qu'il ne pourra plus me reconquérir, assez c'est assez!

— Tu as de la chance d'avoir ta fille Magali. Elle est très près de toi et elle te ressemble beaucoup. Ce petit bout de femme imite tes gestes, et son sourire est une copie du tien.

Le regard de Lise-Ann s'attendrit sur Magali qui s'était endormie.

— Cette enfant-là est le sourire de ma vie! Ses mini mécontentements sont si faciles à apaiser. Je peux lui faire comprendre des faits difficiles qu'elle peut maintenant saisir. De plus en plus, elle cherche à savoir les pourquoi et les comment des choses et des situations. Elle me fascine un peu plus chaque jour.

Lise-Ann réveilla Magali étendue sur le tapis rouge du salon et retourna chez elle. La meilleure façon de meubler sa solitude et son angoisse étant de regarder un film à la télévision, elle opta pour celui qui racontait l'histoire de lions et de panthères vivant en parfait accord dans la jungle africaine. Leçon de vie.

Elles se levèrent tard le lendemain matin. Depuis le début de la semaine, Lise-Ann n'avait pas eu le goût de faire le ménage. En passant la main sur le téléviseur, elle posa l'index sur un film de poussière et réagit devant cet appel à la propreté.

Quelques heures plus tard, Magali vit arriver son père tenant dans ses bras, un petit chat gris bleu, comme s'il croyait ainsi se faire pardonner sa fugue. Il le présenta à la fillette en l'embrassant. Magali courut le présenter à sa mère qui fit une grimace non seulement à la pensée que Pierre était revenu mais aussi à cause de son dédain pour les chats. Le papa prépara la litière devant l'enfant et répondit à ses nombreuses questions. Lise-Ann pendant tout ce temps continuait son ménage comme si de rien n'était.

— Ton chat va s'appeler Mistigri, décida le papa.

— Je n'aime pas ce nom-là, répondit l'enfant dans une grimace à son père.

Les deux parents ne se parlèrent pas. Rien! Lise-Ann sortit pour arroser les dernières fleurs de l'été puis dépouilla le courrier : le compte du téléphone, des publicités de différentes épiceries, des feuillets pour des autos, une grande enveloppe adressée à Pierre, et finalement dans la plus petite enveloppe, une lettre de Priscille.

Priscille lui parlait d'un magnifique pays aux parcs verdoyants, l'Irlande. Elle avait visité Clifden, petite bourgade qui lui fit un clin d'oeil complice, mais elle n'en dit pas la raison.

À Regent's Park, nous sommes restés éblouis

devant le plus beau et le plus grand parc de Londres. En me promenant près de cet étang couvert de nénuphars, j'ai eu l'impression, un moment, de porter des fleurs de la tête aux pieds. Les boutiques, les restaurants et les salons de thé valent la peine qu'on s'y attarde. À Londres, contraste : impression d'activité mais en même temps de monotonie.

Lise-Ann éprouva une grande joie au rappel de la fraîcheur européenne. Enfin un sourire dans sa vie, dans sa journée. Elle relut jalousement deux fois ces longs compte-rendus. Lise-Ann enviait Priscille pour sa chance de voir de pareilles beautés, alors que pour elle, les jours et les nuits se répétaient comme les avé d'un chapelet nacré. Elle regretta un instant tout ce qui se passait dans sa vie de plus en plus vide, de plus en plus solitaire.

Priscille avait ajouté une carte postale montrant qu'en hiver le brouillard verdâtre estompait la clarté des réverbères et donnait à toute chose une réalité fantastique. Elle disait s'être beaucoup amusée en Écosse lors d'un mariage traditionnel alors que le marié portait le kilt. *La mariée, elle, ressemblait à toutes les mariées québécoises dans sa longue robe blanche. Un joueur de cornemuse précédait le couple ravi.* En Ecosse, les soldats portaient toujours le costume du pays et ils se laissaient griser par la musique de la cornemuse, du fifre ou encore du tambour, rapportait Priscille. Et elle ajoutait une photo de leur couple au château d'Edimbourg près d'une colline.

Magali observait sa mère qui parcourait cette lettre avec délectation. Elle lui apportait un nouveau souffle de vie, étalait une toile de fond aux couleurs de l'arc-en-ciel. L'enfant tenait toujours couché sur ses genoux le chat qu'elle appelait maintenant Moustache.

Dans ce silence inhabituel, Magali trouva presque le sommeil qui provoquait tantôt des petits cris aigus, tantôt des sourires malicieux. Lise-Ann reprit encore une fois sa lecture après avoir souri tendrement à sa fille endormie.

Les deux tourtereaux décrivaient des choses bizarres, cocasses qui donnèrent à Lise-Ann un violent désir de partir, de draguer ses émotions et ses pensées. Priscille raconta son aventure au Danemark à bicyclette malgré sa grossesse. Gary l'accompagnait dans une nuée de vélos. Ils entendirent à trois reprises un hymne national qui en fait était double. L'un pour la paix. « Il est un pays charmant peuplé de vastes hêtres... » Et l'autre pour la guerre : « Le roi Christian est debout à côté du grand mât, au milieu de la fumée et du brouillard. Ses armes frappent si fort qu'elles brisent le casque et broient la cervelle des Goths. »

Lise-Ann, n'en pouvant plus, se mit à rêver. Elle accompagnait ses deux amis partis, visita les châteaux de la vallée du Rhin, taquinait Priscille pour sa gourmandise reconnue. Et à partir de la dernière photo où Priscille avait capté la petite île turque de Ada-Kelch, Lise-Ann berça plusieurs rêves devant le Danube. Les insulaires y semblaient tellement sympathiques avec leur visage bronzé au maximum!

Lise-Ann se voyait photographiée, tantôt avec Gary tantôt avec Hugues, sur les ponts à bascule d'Amsterdam et dans les nombreux champs recouverts d'un tapis de tulipes où s'agitaient des milliers de petites têtes colorées. Quelle magnifique et audacieuse tapisserie! Lise-Ann sentait toutes ces fleurs, les imaginait dans son jardin près de la maison. Elle ferma les yeux et rejeta sa tête en arrière. Elle finit par replier soigneusement les feuilles qu'elle souhaita conserver très longtemps et alla rejoindre Pierre qui berçait Magali et son chat juste avant le dîner.

— Priscille et Gary font un magnifique voyage, chuchota-t-elle en prenant un air songeur. Superbe fantaisie!

— C'est une longue lettre, ça fait une heure que tu es plongée dans sa lecture, répliqua Pierre, désenchanté par l'accueil que lui avait réservé sa femme.

— Quel caractère, tu as!

— Au fait, tu n'as pas encore retrouvé ta bague?... Depuis le temps...

— Tu arrêtes de me parler de cela et je te promets que lorsque je l'aurai, je la placerai là... comme tu me l'as exigé!

— C'est entendu, mais fais ça vite...

Il acheva son apéritif.

— J'ai faim, Lise-Ann. Prépares-tu le dîner bientôt?

— Je te ferai ton repas lorsque tu m'auras expliqué ta fugue.

— Je suis allé à la pêche.

— Avec cet habit!...

— Non, bien sûr!

— Alors ?

— Alors quoi ?

— En partant d'ici, je suis allé chez Frank et nous sommes partis peu de temps après.

— Frank?

— Et pourquoi pas? dit-il insulté.

— Et pourquoi lui? dit-elle sur le même ton.

Pour Lise-Ann, C'ÉTAIT l'explication. Frank, toujours Frank!... D'autant plus que Pierre disait être allé à la pêche dans les vêtements de Frank. Lise-Ann fulminait intérieurement et Pierre racontait que tout s'était bien passé, que ça lui avait fait du bien, etc. Il donna des détails qui humilièrent sa femme et la firent se sentir si démunie comme femme pour satisfaire les goûts de son mari. Elle n'avait que des attributs féminins quand Pierre semblait répondre surtout aux attributs masculins. Pierre parlait et elle n'entendait qu'un vague murmure. C'est seulement quand il lui parla qu'il avait toujours faim qu'elle sursauta et, glaciale :

— Va voir Frank pour ça!...

— Qu'est-ce qui te prend?

— Tu me dégoûtes. Tu fréquentes un célibataire qui vit seul, tu enfiles ses vêtements, tu couches avec et tu me demandes ce qui me prend!... Tu me trompes avec lui, tu m'humilies et tu viens me demander de te servir! Mais rêves-tu ou quoi?...

Lise-Ann se détourna et resta assise sur le fauteuil près de la porte d'entrée. Pierre fit une colère, parla de bague à diamant et surtout du voisin Hugues.

— Tu me parles de ma réputation parce que je vois Frank, mais toi, tu ne mets peut-être pas les vêtements de Hugues mais penses-tu à notre réputation auprès des voisins?...

Il y eut un silence. Fatiguée de cette nouvelle discussion inutile, Lise-Ann voulut conclure :

— Lorsque nous nous voyons, toi et moi, nous sommes tellement fatigués qu'il y en a toujours un des deux qui n'est pas vraiment présent. « Il n'y a que les géants qui trébuchent sur les montagnes; les autres se contentent des cailloux. » Sois assuré, Pierre que je n'abandonnerai jamais cette lutte.

Elle prit son tricot mais Pierre le replaça aussitôt dans le panier à ouvrage et dit :

— Oh! madame prend les grands moyens, à ce que je vois.

— Je te jure une chose Pierre : il y aura un gagnant dans cette bataille.

— Un gagnant, alors c'est évident... c'est clair comme l'eau de roche.

Il se flattait le ventre en signe de victoire.

— Mais si c'est une gagnante, tu sais de qui il s'agit... ajouta-t-elle, fièrement.

Des sanglots sortaient malgré elle de sa gorge trop serrée. Elle voulut se lever mais hésita. Pierre s'approcha d'elle pour la réconforter, mais elle n'eut pas envie d'entendre ses paroles de consolation, si elles pouvaient en être... Elle se leva et gagna la cuisine pour peler les pommes de terre. Magali dessinait des soleils noirs.

Avec Frank, Pierre avait voulu réinventer l'amour, faire une petite parenthèse dans sa vie. Lui et Frank s'étaient déjà arrêtés devant une glace pour trouver deux corps dans lesquels deux coeurs battaient au même rythme. Pierre trouvait que Lise-Ann n'était plus la femme subordonnée qu'il avait épousée. Perdue la dépendance du merleau qui attend de sa mère le repas convoité. Lise-Ann était passée à une autonomie gênante pour lui. L'assurance qu'elle avait acquise au fil des mois désarmait littéralement son époux. C'était trop. Un nuage de mépris enveloppait les deux conjoints.

Pierre se perdit dans ses rêves... et revit les fois qu'il avait fait l'amour devant un feu de cheminée mourant. Il s'imagina savourer encore les délicieux plats que cuisinait savamment Lise-Ann. S'ajoutaient les repas en tête-en-tête au restaurant toujours appréciés des deux amants de l'époque dont l'amour agonisait maintenant. Il se souvint des bonnes périodes, des moments tendres et roses. Encore récemment, ils regardaient l'avenir dans la même direction. Puis plus rien. L'amour mourait en étirant jusqu'à la fin les derniers fils de leurs espoirs.

Frank était de plus en plus souvent avec Pierre. On les voyait ensemble dans un cinéma, au restaurant, dans un bar ou tout simplement dans les grands Centres d'achats. Mais encore plus souvent dans les beaux parcs de la ville.

Frank était un jeune homme de trente ans. Au gré des ans et après avoir essayé plusieurs métiers, il se retrouva par hasard coiffeur pour hommes. Il portait souvent un pantalon noir et un chemisier en satin de teinte pastel. Il se sentait merveilleusement bien en présence de Pierre. Grand, mince, cheveux noirs comme le jais et toujours bien coiffés, ongles soigneusement entretenus, Frank s'occupait de l'intérieur de son appartement avec une rigoureuse propreté. Jamais rien de déplacé. Tout était soigneusement rangé; il s'agissait d'ouvrir distraitement les armoires de sa salle de bain pour remarquer que les dos de serviettes formaient une colonne impeccable. Les verreries disposées harmonieusement et symétriquement souriaient aux regards. Les parquets reluisaient. Des petits vases de fleurs séchées, des jardinières suspendues à quelques fenêtres, des bibelots sagement installés sur des mini tablettes et des peintures originalement encadrées, tout cela servait à former le décor de son *home*. De plus, une rose éclose dans un vase de cristal posé sur le coin de son téléviseur parfumait constamment l'appartement.

Il ne se passait pas plus de deux jours sans que Pierre ne vienne visiter Frank. Il demeurait dans la même ville à proximité du parc Lebel. Ses bancs placés tout au long des allées avaient souvent servi de refuge aux deux hommes.

Le mois d'août avait passé laissant derrière lui, dans sa traînée, des souvenirs délicieux pour Frank et Pierre alors que Lise-Ann s'ancrait de plus en plus dans sa pénible et amère solitude. Elle l'appelait tantôt son cauchemar et tantôt sa délivrance. Elle disait qu'elle ferait sonner les cloches de toutes les églises lorsque le juge prononcerait son divorce...

Septembre s'installa aussi lumineux que son prédécesseur. Pierre vivait son intolérable existence. Parce qu'il retombait toujours dans les mêmes erreurs, Lise-Ann l'avait convaincu d'aller suivre une cure de quelques semaines. Peu après ses gaucheries ou ses menaces, il demandait toujours à sa femme de bien vouloir lui pardonner. Elle ne pouvait plus ni vivre cette violence, ni pardonner puisqu'il recommençait sans cesse le même scénario. Que de fois elle entendit :

— Ne me quitte pas. Tu es la seule qui peut m'aider. Si tu me laisses, je me tuerai.

Ainsi il allait jusqu'au chantage, la menaçait de son suicide. La culpabilisait. Il voulait tout contrôler dans la vie de Lise-Ann, même sa conscience. Mais voulant changer son attitude, il s'est quand même rendu à Trois-Rivières suivre une thérapie pour hommes violents. Il abandonna au bout de quatre jours ne croyant pas à « ce miracle. »

Puis octobre arriva avec ses bouquets de teintes d'ocre, d'orange et de rouge. Seules persistaient, pour fêter les quatre ans de Magali, quelques taches vertes tenant tête parfois aux pluies torrentielles mêlées à des vents du nord-ouest. Lise-Ann avait invité six petits amis qui furent rapidement gavés de sandwiches et de gâteaux, de crème glacée et de friandises. Pierre n'arriva qu'à la dernière minute après que les enfants se furent follement amusés. Lise-Ann et Magali aussi déçues l'une que l'autre ne soulignèrent pas son indélicatesse.

Lise-Ann avait reçu maintenant deux autres magnifiques lettres de Priscille. La future maman disait que sa grossesse lui causait de la joie, qu'elle se passait de façon merveilleusement belle et que le petit qui nichait tout près de son coeur bougeait beaucoup, surtout la nuit.

Lise-Ann apprit que Gary espérait davantage un fils qu'une fille. Le poupon serait à son image : grand et sportif. Lorsqu'il était jeune, la bicyclette tenta Gary et il s'y adonna joyeusement. Déjà à l'âge de cinq ans, il y montait seul. Gary était adepte autant des sports légers que violents. Ce qui ne l'empêchait pas de s'attendrir sur des enfants qui jouaient au hockey sur les patinoires intérieures ou extérieures de son patelin. Combien de fois il s'était levé de bon matin, le dimanche, pour assister aux pratiques des enfants de ses collègues de travail! Il aimait lire sur les techniques sportives. Même qu'un jour, il s'attarda sur un article au sujet des bateaux athéniens.

Son fils, espérait le futur papa, serait brave, intrépide, un peu fou quel que soit le danger. Son enfant serait admiré et acclamé par des millions de gens assoiffés de chroniques sportives. Il rêva du jour où il serait présent à un hommage que les fanatiques rendraient à son garçon pour avoir été le meilleur joueur de son équipe. Trophée en main, Junior longerait le tapis rouge déjà usé... savourant les applaudissements chaleureux.

Gary éprouvait autant de plaisir que de nostalgie devant toutes ces images mentales qui l'assaillaient. Il était loin de ce temps, mais tous ces beaux rêves dansaient encore dans sa tête.

En recevant la dernière missive de Priscille, Lise-Ann comme pour s'abreuver à ses joies, découvertes et enchantements, enleva le tablier lilas qu'elle portait depuis le souper. Elle gagna sa chambre et s'assit sur son lit devant le grand miroir de la vanité.

Elle y vit une femme qu'elle n'aimait pas à cet instant. Elle remit du rose sur ses joues et sur ses lèvres, puis se regarda à nouveau. C'était comme si elle avait voulu être plus belle pour recevoir les contes de fées de son amie.

D'abord, la photo de Priscille que Gary avait captée sur la place Saint-Wenceslas lui redonna le goût de vivre... encore. Elle vit Priscille radieuse comme une princesse promise à un ardent fiancé. Priscille raconta sa surprise lorsque, en voyant l'Autriche sur un feuillet publicitaire, elle reconnut la forme d'un loup. Elle ressentit comme une crainte jaillie quelque part de son enfance. À peine âgée de sept ans, elle avait eu très peur de cet animal... Elle avait vu dans un film que cette bête mangeait des enfants. Cette vision l'avait toujours affolée depuis. Elle ferma les yeux comme pour se cacher l'horreur, mais Gary, racontait Priscille, se rendant compte de la pâleur de sa femme l'invita à prendre un café à la crème fouettée. Ils en profitèrent alors pour déguster l'un de ces biscuits dit Gugelhuph, dont l'apparence en torsade rappelle un ruban turc. Rires et blagues accompagnèrent le casse-croûte.

Lise-Ann relisait sans arrêt, s'émerveillait. Lise-Ann s'évadait. Elle se replaça devant son miroir, se convainquit que tout n'était pas fini pour elle et, comme le petit de Priscille et Gary, Magali avait droit à une saine atmosphère familiale. Elle pensa à Pierre et prit une décision. Elle se brossa les cheveux tout en réfléchissant et se maquilla à nouveau. Lise-Ann se promit d'être belle et de le rester. Je serai plus belle qu'une fleur gardée intacte entre deux pages d'un dictionnaire. Oui Pierre, c'est fini!

CHAPITRE 5

Lise-Ann visita son médecin qui diagnostiqua une tumeur maligne. Elle fut presque aussitôt hospitalisée. Ne pouvant compter sur Pierre pour la garde de Magali, Christelle, sa tante chérie, lui offrit ses services.

Lise-Ann reçut d'excellents traitements. Elle avait cependant eu peur d'y laisser sa peau. L'hystérectomie fut brouillée par des complications au niveau des intestins. Il fut donc nécessaire qu'un autre chirurgien procède à une deuxième opération. L'intervention dura quatre heures. Interminables quatre heures!

Deux jours après l'opération, Hugues frappa à la porte.

— Bonsoir, Lise-Ann! fit-il à mi-voix.

— Bonsoir. Hugues? C'est bien toi? Hugues? Qu'y a-t-il? Pourquoi es-tu venu jusqu'ici? marmonna-t-elle encore somnolente.

— Je venais voir Hélène et elle m'a appris que tu étais ici, fit-il en s'approchant tout près de celle qui était devenue pour lui presque une raison de vivre.

Il s'était approché comme d'un rêve inassouvi, d'un espoir emprunté. À ce moment, des sueurs perlaient sur le front dégagé de Lise-Ann. Puis elle s'agita en une série d'éternuements causés par un refroidissement.

— Tu n'es pas bien? s'empressa-t-il de lui demander.

— Ça va aller. Ça me fait tout drôle de te voir ici, Hugues. Je veux dire que ça me fait vraiment plaisir.

Les infirmières désignées à cet étage étaient deux connaissances de Lise-Ann, Hélène et sa cousine Françoise. Mais c'était surtout Hélène qui la visitait.

— Ta femme est vraiment extraordinaire avec moi. Si seulement tu pouvais le voir, souhaita-t-elle en se soulevant de ses oreillers comme pour être plus près encore du visage de Hugues.

Pour cacher son émoi, Lise-Ann tourna aussitôt la tête et fixa le rideau de couleur ocre. Elle finit par parler encore d'Hélène, puis de Priscille et de son mari. Elle raconta comment Magali vivait mal toutes les disputes avec Pierre. Dans sa petite tête d'enfant, c'était comme lui parler chinois que de lui expliquer la nécessité de cette séparation inévitable.

— Cesse de te faire du mal en pensant à cela, conseilla Hugues. Essaie plutôt de canaliser tes énergies pour ta guérison. Plus tu seras forte moralement, plus rapidement ta santé physique s'améliorera.

— C'est vrai, Hugues, je devrais penser à une seule chose à la fois et me trouver bien là où sont mes pieds, finit-elle par dire en souriant.

— Crois-tu demeurer longtemps ici?

— Je suis certaine d'y être pour sept ou huit jours encore.

— Prends sur toi, ma chère. Il est important que tes soucis s'estompent pour toute la durée de ta convalescence. Tu peux compter sur moi en tout temps, Lise-Ann. Je t'aiderai. Je suis sincère, dit-il en mettant sa main chaude sur le bras hors des couvertures.

Il s'avança et se pencha pour lui donner un baiser qu'elle refusa d'un détour de la tête. Il se rassit, timide.

— Je te remercie, Hugues, fit-elle en tendant les deux bras afin qu'il saisisse ses deux mains pour les serrer très fort. Laisse-moi, maintenant. Ça ne sert à rien toutes ces délicatesses que tu as à mon égard. Regarde plutôt du côté d'Hélène, tu verras combien elle t'aime.

Neuf jours plus tard, Christelle et Magali vinrent chercher la malade. En apercevant sa mère :

— Où est ton bébé, maman?

— Il n'y a pas de bébé, Magali. Maman s'est fait opérer dans son ventre.

— Ton ventre? Il est comme avant, dit la fillette en touchant sa mère de sa petite main.

Lise-Ann mit sa main tendrement sur celle de Magali, lui sourit et dit :

— Ça se passe en dedans, Magali.

Lise-Ann se pencha du mieux qu'elle put et l'enfant la caressa puis la regarda longuement.

L'auto de Christelle fila comme un serpentin au milieu des grosses machines et des employés municipaux en train de réparer des rues dont l'asphalte s'était détérioré. Elle s'en donna à coeur joie dans ce brouhaha se sentant toujours très bien au volant d'une voiture. Enfin, elle s'arrêta chez Lise-Ann. La convalescente en descendit heureuse de retrouver sa maison. Pierre n'avait même pas eu idée d'y venir ou de lui laisser un message. Pas un seul mot, rien.

En téléphonant un jour, il apprit le retour de Lise-Ann et se présenta. Il expliqua qu'il n'avait pas à être à la maison quand sa femme n'y était pas. Et dans son absurde incompréhension, Pierre n'accepta plus que Lise-Ann téléphone à son médecin en son absence. Lorsqu'elle risquait un appel, toujours il vérifiait. En arrivant à l'improviste un jour, il a surpris Lise-Ann au téléphone et l'a frappée avec le récepteur. Le ventre de Lise-Ann absorba les coups...

— ... parce que c'est pour ça que tu consultes!

— Pierre, il faut absolument que je rejoigne le docteur!

— Donne-moi le numéro : je vais le composer moi-même.

Octobre enveloppait encore l'air de son odeur de boisés. Les grands érables aux couleurs enchantées faisaient danser leurs feuilles dans la brise douce et caressante. Feuilles d'or ou écarlates se battaient en duel dans l'air automnal avant d'aller mourir sur un sol encore riche de jeux d'enfants et de passants aux cheveux blonds ou bruns, noirs ou blancs. Les dernières encore attachées aux branches des arbres continuaient d'applaudir guidées par le soufflet du vent.

Le soleil donnait à profusion ses rayons et

comblait les coeurs de sa chaleur. Ardeur encore souhaitée avant que le magnifique feu ne s'éteigne presque complètement dans des nuages de mélancolie et de regret.

Un soir, Lise-Ann avait transmuté un vulgaire bout de papier en billet d'amour oublié dans un livre de psychologie de l'amitié. À son retour de l'hôpital, en effet, Lise-Ann avait parcouru un ouvrage de Adélaïde Bry pour refaire dans son imaginaire toutes les forces dont elle avait encore besoin. Par mégarde, elle avait glissé la note écrite à l'encre de l'amour et avait refermé le volume négligeant ce précieux billet un peu comme on oublie la dernière chanson fredonnée.

En cette soirée pluvieuse de début novembre, froide à faire relever un mort, Pierre prit machinalement ce bouquin qui s'ouvrit instantanément à la page fatidique. Ses yeux parcoururent lentement l'écriture de Lise-Ann. Difficile à déchiffrer, mais il y réussit au bout d'un bon moment. Il avait l'impression de trouver le coupable... Frustré, jaloux, humilié, il relut encore le message et se dirigea vers la cuisine où Lise-Ann s'affairait à préparer de la compote de pommes. Plus il s'approchait d'elle, plus les mots lui arrivaient aux oreilles comme un feu de forêt mêlé à un roulement de tambour. En les ridiculisant, il répétait de plus en plus fort les dernières phrases de cet appel à l'amitié. Les mots se bloquaient dans sa gorge et faisaient éruption comme des laves volcaniques, des laves basiques, fluides qui s'étalaient en grandes nappes pour mieux brûler.

« J'ai le coeur blessé... je voudrais tant être aimée!... Hugues, si c'est dans les desseins de Dieu, un jour, je serai avec toi et la vie continuera à nous être agréable à tous les deux. Ensemble, amalgamés comme l'or et l'argent. »

— Que signifient ces paroles, Lise-Ann? s'étouffa Pierre dans sa grande colère. Tu me joues dans le dos, p'tite hypocrite!... Pendant que je n'étais pas à la maison, tu te préparais une deuxième vie, une existence plus mielleuse, finit-il par exploser.

— Tu ne vas pas me faire une autre de tes colères?

Elle reçut un coup de poing sur l'oeil.

— Oh! Comme tu vas me payer ça, un jour! menaça Lise-Ann.

Elle se dirigea vers la salle de bain pour y constater les dégâts mais Pierre la suivit.

— Maintenant, je sais! Avant, je ne savais jamais si c'était un ami ou un ennemi qui venait lorsque s'amenait ce Hugues. Je te l'ai dit souvent que je craignais ce gars-là; maintenant je sais, se plaisait-il à répéter en se frottant les mains comme un sportif qui a gagné un match.

Il serra encore une fois la tête de sa femme comme dans un étau. Sa tête dans un étau!

— Pierre, arrête ça!...

— Tu vas t'apercevoir que j'aime pas le chiffre trois, si tu comprends ce que je veux dire...

Magali allait se blottir dans les bras de sa mère en tremblant quand Pierre la poussa si fort qu'elle tomba aux pieds de sa mère. Du regard, l'enfant détesta son père. Lise-Ann regagna l'armoire de la cuisine et offrit une galette à la farine d'avoine à Magali et l'envoya dans le salon.

— Tu es absent et je ne te demande pas de comptes : laisse-moi vivre en paix. Hugues m'a soutenue depuis quelques semaines et je lui en suis reconnaissante.

— Il y a longtemps que tu joues à la dame de coeur? Voici que ton double jeu est entre mes mains, répondit-il avec un sourire sadique.

— Ce n'est pas une plaisanterie, c'est une réalité, s'écria-t-elle dans une voix sifflante et agressive. Tout ça est parti d'une phrase que je lui ai glissée un jour : un ami, on ne l'invite pas, on l'attend. C'est à ce moment-là que tout a commencé. Rien d'anormal, rien. C'est uniquement une petite dette que j'ai envers lui. Je lui reconnais sa gentillesse et sa disponibilité car il en a, LUI.

— J'aurai sa peau à ce salaud!

Il reprit le message, le froissa entre ses doigts et alluma son briquet pour détruire à tout jamais ce qui faisait si mal à son orgueil.

— La prochaine fois, ce ne sera pas seulement du papier qui brûlera, menaça-t-il.

— Tu ne sais plus ce que tu dis.

Voulant tromper sa nervosité, Lise-Ann appela Magali pour lui faire goûter la compote de pommes qu'elle venait à peine de retirer du feu. Âgée de quatre ans, elle pouvait déjà sauver des situations en faveur de sa mère.

Lise-Ann sentant le besoin de conseils se rendit au C.L.S.C. de sa région. On promettait pour bientôt « La Renaissance », une maison d'hébergement pour femmes violentées. Lise-Ann laissa son numéro de téléphone pour être aussitôt avertie. Elle fut aussi invitée par la conseillère à contacter le C.L.S.C. ou la police au moindre signal d'alarme. Lise-Ann souhaita ne jamais arriver à cette extrémité.

— N'endurez plus cette misère, vous avez droit à un environnement sécuritaire, vous et votre petite fille.

— Je sais bien que si la situation se corsait, je n'aurais plus le choix.

— Pensez à vous et à votre enfant, dit-elle comme dans un pressentiment.

Les deux femmes finirent par se dire au revoir dans l'incertitude.

Cette année-là, l'automne avait été hâtif malgré les quelques beaux jours de soleil. Le brouillard devenait de plus en plus épais qu'on aurait dit un mur infranchissable. Les pluies gorgées de froid laissaient un goût amer aux radieuses journées ensoleillées de l'été. Où en était rendu le soleil dans sa course?

Ces derniers jours pluvieux et remplis de regrets avaient donné à Pierre et à Lise-Ann maintes occasions de faire le bilan de leur vie conjugale. Un soir, il invita sa femme dans un chic restaurant puis après, au cinéma. Il prétexta lui devoir du bon temps. Il se savait fautif depuis l'hospitalisation surtout. Du côté de Lise-Ann, une petite dépression la menaçait comme une ombre.

Pierre désira pour elle une sortie où ils se retrouveraient coeur à coeur, des minutes privilégiées axées sur un bout de compréhension. Ils dégustèrent des langoustines; le beurre à l'ail donna un goût exquis à ces crustacés à dix pattes. Le tout fut rehaussé d'un vin italien, le Soave pour elle, et d'un vin d'Alsace pour lui. Leur discussion fut amicale, voire sympathique.

Elle dura le temps du repas et de la soirée ni plus ni moins. Pierre fit un grand détour par la campagne, histoire d'apprivoiser à nouveau celle qui lui était devenue presque étrangère. Elle profita de ces instants d'accalmie pour s'apercevoir que quelque part, il existait un Pierre, un Pierre qu'elle avait follement aimé jusqu'à ce qu'il fasse un fou de lui, se fasse un coeur de pierre.

Sans égard pour Lise-Ann, il lui demanda ses faveurs. Incertaine, gauche, elle y consentit sans grand résultat. La difficulté qu'elle éprouva, Pierre l'ignora, étourdi par son besoin d'assouvissement. Le sien. L'intervention chirurgicale de Lise-Ann lui avait enlevé tout ce qu'elle avait de « femme » en elle. Ce soir-là, elle se voyait moins féminine. Le coeur à la dérive, elle se sentit incomprise, bouleversée comme une terre agitée avant la semence. Dans un sourire voilé, Pierre ne put se contenir. Elle se donnait, heureuse extérieurement car ce qu'elle vivait à l'intérieur de son corps meurtri ne se voyait pas. Elle ramena le drap fleuri sur ses seins. Pierre se rapprocha de sa femme quêtant des satisfactions supplémentaires.

— Pierre, tu m'as avoué au début du mois d'août être allé à la pêche avec Frank. Or, je connais Frank Munroe. Il a le droit d'être comme il est, mais pas avec toi, mon mari, mon homme.

— Il a droit à sa vie, à sa liberté. Ne t'en prends

pas à lui de façon aussi gratuite, rétorqua-t-il, menacé.

— C'est dommage, Pierre. C'est dommage... Je n'en veux pas à sa liberté, mais bon dieu, qu'il te laisse tranquille! Il nous dérange, il me vole ce que j'avais de plus précieux, répondit-elle en tentant de s'asseoir sur le bord du lit.

Pierre se plaça près d'elle, la prit par les épaules, la pencha vers lui et ajouta :

— Frank est plus qu'un ami pour moi, il est un frère. J'ai un frère cadet, Yann, c'est vrai, mais il n'y a que le sang entre nous, pas plus. Il me visite à peu près juste au temps de Noël. Lorsque j'ai besoin de me confier, Frank est toujours là. Il ne compte jamais les heures qu'il me consacre.

— Non, parce que tu les lui paies de la façon qu'il préfère, ironisa-t-elle perdante.

— Ce qui est important, c'est que je sois avec toi en ce moment, trancha Pierre.

— Maintenant, aujourd'hui. Mais demain?...

Elle prit sa tête entre ses deux mains un instant, puis se relevant, fit mine de s'intéresser à l'émeraude qu'elle venait de se payer jusqu'à ce qu'elle parvienne à contrôler à nouveau sa voix.

— Qu'arrivera-t-il demain et les autres jours?

— Demain, si tu m'en laisses la chance, je serai aussi avec toi, fit-il implorant un pardon.

— On verra! Après les Fêtes.

CHAPITRE 6

Décembre! Magnifique décembre d'étoiles! La neige avait commencé depuis longtemps à décorer les bois et à garnir les branches des arbres. Le sapin planté huit années auparavant devant la maison de Pierre avait mis son habit de gala. Devenu grand, élégant avec ses aiguilles allongées, il faisait l'admiration des passants. Sa dentelle de cristaux lui donnait une allure princière et lui servait d'ornement royal. Magali se plaisait à ériger un bonhomme tout blanc juste à côté du conifère comme pour lui donner un compagnon fidèle qui l'encouragerait à retenir sur ses branches sa guipure immaculée. L'humble monsieur était gentil et se faisait le complice d'une nature parfaite.

Pierre venant de sortir pour dégager l'entrée de la maison, reçut du facteur une grande enveloppe brune oblitérée de la Norvège et une carte de voeux que Frank leur envoyait. Il entra pour donner l'enveloppe à Lise-Ann. Elle n'entendit rien étant au téléphone avec Christelle qui s'informait de sa santé et des humeurs de Pierre. Mais quand Pierre réussit enfin à lui annoncer la nouvelle, il n'eut pas le temps de finir sa phrase que déjà Lise-Ann la lui avait prise des mains.

D'abord, une immense photographie du rejeton. Au verso : *Alex, né en Suède, le 10 novembre 1980 à quinze heures. À sa naissance, il pesait quatre kilogrammes et demi. La prunelle de ses yeux est cristalline comme les rochers de ce pays.* Priscille ajouta un détail que Lise-Ann ne comprit pas : *Au-dessus de la cuisse gauche, Alex est marqué d'une tête de loup.* Enfin, elle annonçait qu'au début de la nouvelle année, ils rentreraient en terre canadienne. Lise-Ann sourit à cette nouvelle voyant déjà l'instant où elles se retrouveraient enfin.

Le lendemain de Noël, Lise-Ann donna un petit souper voulu intime qui rassembla une dizaine de personnes malgré le refus poli de Yann, le frère de Pierre, et sa femme. Tante Christelle portait sa robe de laine rose pâle. Son grand talent de bonne tricoteuse fut mis en évidence. Madame Duteuil brillait dans sa toilette de minuscules pierres bleutées. Parmi les invités, on comptait aussi Hélène et Hugues Dorval qu'accompagnaient Karine et Roy Thompson, deux de leurs amis huppés. Les deux couples répondirent à l'invitation avec beaucoup d'empressement et offrirent à Magali une jolie poupée plus grande qu'elle et qui lui souriait mystérieusement. Ils offrirent à l'hôtesse un carré de soie rose et une bouteille de bon vin à Pierre qui fit une grimace à Hugues. Leur enthousiasme était voilé par l'absence de Marie-Soleil. Ils y avaient surtout pensé la veille au moment où leur fillette aurait dû chanter dans le choeur des Anges à la Messe de Minuit. Au milieu de la soirée, il sembla inutile à Magali de prolonger les heures alors que le sommeil lui faisait un clin d'oeil discret. Elle préféra son lit aux nombreux jouets qu'elle venait à peine de sortir des boîtes joliment décorées. Elle attira vers elle son chat Moustache qui avait commencé sa nuit de repos depuis bien longtemps et s'endormit.

Des airs de Noël créèrent une ambiance agréable dans la maison des Cartier. Pourtant, les danseurs eurent tôt fait de regagner leurs fauteuils. Tous jouèrent aux cartes et s'épanchèrent en conversations décousues sur des souvenirs de jeunesse souvent mêlées de grands rires. L'hôtesse avait préparé un goûter succulent : des canapés et des sandwiches sans oublier l'appétissant gâteau aux fruits confits en forme d'étoile.

Des taches de Valpolicella flânaient sur la nappe en dentelle blanche. Les femmes, excepté Karine, s'affairèrent à tout ranger dans la cuisine. Peu de temps après, Lise-Ann eut la surprise de sa vie lorsqu'elle vit de la mousse s'échapper de la lessiveuse où elle avait plongé la nappe et les serviettes du repas. Elle demanda vite un conseil à Christelle qui connaissait tout de ces trucs-maison. Il lui suffit de saupoudrer un peu de sel et la mousse disparut très rapidement.

La nuit avançait dans son calme presque habituel. Après avoir bien mangé, les invités et Pierre reprirent les cartes pendant que Lise-Ann et sa tante passèrent dans le salon.

— Délicieux, ton goûter, ma chère nièce.

— Je suis ravie, tante Christelle.

— Tu me sembles fatiguée, Lise-Ann. C'est vrai qu'il est presque quatre heures du matin, et j'ai l'impression que tu ne te coucheras pas tout de suite puisqu'une nouvelle partie de cartes vient tout juste de commencer.

— Oh! Je sais. Laissons-les s'amuser, chuchota Lise-Ann, heureuse du déroulement de la nuit.

— Tu as les yeux rouges. As-tu un concombre au réfrigérateur?

Elle en coupa deux tranches et les plaça soigneusement sur les paupières de sa nièce afin de leur enlever rougeur et gonflement. Mais Lise-Ann se mit à tousser de plus en plus. La fumée de cigarette lui devenait de plus en plus difficile à tolérer. Patiente, Christelle attendit que sa nièce retrouve sa respiration normale et murmura :

— J'ai senti qu'il y avait quelque chose entre toi et ton voisin.

— Hugues? s'enquit Lise-Ann.

Sur ce, Hugues se leva pensant que Lise-Ann désirait lui parler. Devant l'impair, il retourna s'asseoir tandis qu'elle refusait la question.

— J'ai des noeuds à l'intérieur. Pardonne-moi.

Comme pour vouloir décontenancer la joueuse qu'elle était, Lise-Ann se leva et offrit un verre de vin. De plus, un cauchemar de Magali favorisa davantage la fuite de sa mère. L'enfant fut bientôt consolée et Lise-Ann revint au salon. Christelle ayant compris le refus de Lise-Ann d'aborder la vraie question sembla s'intéresser à une magnifique fougère dans le coin du salon.

Les deux femmes échangèrent leurs recettes pour leurs plantes vertes et, en riant, rejoignirent les joueurs de cartes épuisés dans la cuisine. Les bâillements se répétèrent et on en vint à penser au départ qui se fit en douceur. Presque tous remarquèrent que Pierre avait tout fait pour ne pas avoir à donner la main à Hugues. Quant à Magali, elle ne se réveilla pas malgré la voix un peu forte de Roy. Plusieurs vrombissements... puis, plus personne sauf tante Christelle à qui Lise-Ann avait réitéré son invitation de la veille à demeurer quelques jours encore. Elle accepta avec plaisir et s'installa pour la nuit comme elle en avait l'habitude dans ces circonstances.

L'agressivité de Pierre contre Hugues ne parut pas suffisamment pour gâcher la soirée qui sembla parfaite. En silence, Lise-Ann s'en félicita et le remercia. En paierait-elle le prix plus tard? Pierre avait-il encore des vérifications à effectuer?... Mine de rien, Lise-Ann menait la goélette de ses rêves à un port rempli de merveilles... mais Pierre la surveillait du coin de l'oeil.

CHAPITRE 7

Pierre n'avait jamais parlé à Hugues d'une façon aimable de son problème. Son voisin avait sa part de responsabilité dans l'idylle qui s'élaborait entre lui et Lise-Ann. Ce fut probablement Hugues qui, le premier, se faufila. Ou peut-être Lise-Ann qui, à cause de Pierre, tomba dans les bras de son voisin. Discrètement d'abord, mais de plus en plus ostensiblement par la suite. Elle vivait si mal les absences répétées de Pierre. Que pouvait-elle changer, sinon son propre comportement? Et elle craignait de plus en plus la violence de son mari.

Par ailleurs, Pierre sentait monter en lui une certaine forme de culpabilité, sinon insécurité, comme l'enfant qui aurait volé une pomme chez le voisin.

— Tu ne peux pas m'abandonner, Lise-Ann. Je n'ai que toi. Je te promets de ne plus te blesser. Je te le jure!

Il voyait bien que Lise-Ann se détachait petit à petit du nid qu'il avait jalousement façonné et gardé. Et s'inquiétait. Mais c'était toujours à recommencer. De son côté, Hugues semblait tout avoir pour attirer Lise-Ann et pourtant... Taille athlétique, cheveux sel et poivre, il ne paraissait pas ses quarante-cinq ans. Il marchait avec l'assurance des jeunes premiers qu'on voit dans les films.

C'est à ce moment de leur vie que, Hélène arrivant un bon matin de son travail épuisée par une nuit particulièrement éprouvante, surprit Hugues allongé par terre dans le salon, le téléviseur allumé, les lampes éclairant son corps mi-somnolent, mi-éveillé. La radio jouait à tue-tête comme si les airs entendus pouvaient chasser les idées noires de Hugues. Un revolver de calibre vingt-deux appesantissait la poche droite de sa robe de chambre.

Affolée, Hélène réveilla énergiquement son mari en lui secouant l'épaule :

— Hugues, que se passe-t-il?... étendu par terre... avec un revolver?... Hugues, réveille-toi!

— Laisse-moi dormir, Lise-Ann, marmonna Hugues à demi conscient.

— Lise-Ann? Ce n'est pas Lise-Ann, c'est moi Hélène! Pourquoi ce revolver?

Le mot revolver le fit sursauter. Incrédule, elle pointait l'arme du doigt. Hugues voulut le dissimuler mais il était trop tard. Hélène avait vu mais sans comprendre. Elle se ressaisit bientôt et s'obligea à procéder étape par étape. C'est là qu'elle se rendit compte qu'elle avait encore son manteau sur le bras. Elle alla le ranger tout en surveillant les gestes de son mari. Le coeur d'Hélène cognait fort dans sa poitrine. Angoissée, nerveuse, elle chercha une première étape.

— Hugues, je t'en conjure, donne-moi cette arme.

Il obéit de mauvaise grâce. Elle prit l'arme et la déposa dans le tiroir de la table à café au milieu de la pièce. Ses mains tremblaient, son corps aussi. La voix presque éteinte, Hugues finit par avouer :

— J'ai voulu faire une bêtise, Hélène, pardonne-moi.

— Pardonner quoi? Te pardonner quoi, mon pauvre chéri?

La voix de Hugues était devenue cahotante. Il finit par s'abandonner à Hélène.

— J'ai voulu me suicider. J'ai été pris de lâcheté et je me suis senti incapable de ...

Hélène ramassa la photo de Marie-Soleil demeu-rée sur le parquet et la remit à sa place.

— Depuis que Marie-Soleil n'est plus avec nous, je ne vois pas ce à quoi je peux être indispensable, dit-il en continuant de respirer difficilement.

— Marie-Soleil est toujours avec nous, d'une autre façon, Hugues, mais avec nous, et elle ne veut pas que tu ailles la rejoindre, voyons donc!

Hélène passait ses doigts fins dans la chevelure de son mari un peu comme sa mère l'aurait fait s'il avait été encore enfant. Hugues finit par se ressaisir. Il se leva péniblement pour aller boire un verre d'eau et réussit à calmer un peu son angoisse. En revenant près de sa femme, il confessa :

— Hélène, j'ai un autre fils. Il vit en Italie. Il a vingt ans.

— Tu divagues, ma foi!

— Non. J'en suis certain. Crois-moi, c'est la vérité.

Hugues s'approcha encore plus de sa femme qui lui promena la main dans le dos, de la nuque jusqu'aux reins. Sentant l'accueil et le respect, il se confia.

Avant de s'installer au Canada, Hugues avait vécu quelque deux mois en Italie et huit au Portugal. Il enseignait les sciences pures à l'Université de Lisbonne. Une jeune Italienne alors âgée de vingt ans mit tout en oeuvre pour faire tomber Hugues dans la toile d'araignée qu'elle lui tissait adroitement. Claudia multiplia les rencontres, les discussions, les invitations et les fêtes. Avec toutes ces pièces détachées, elle s'inventait une magnifique légende, mais à la fois le plus sûr des casse-tête.

Un soir, après avoir trop bu de vin, Hugues s'était rendu à l'appartement de Claudia. Elle vivait seule dans un très luxueux duplex. Trois mois et demi plus tard, Claudia lui révéla sa grossesse. Il nia la paternité malgré toutes les preuves qu'elle sut si bien mettre en évidence. Hugues ne voulut plus jamais la revoir. Romance d'un soir comme la font si bien tous les Italiens de la terre. Rejet aussi comme le subissent plusieurs femmes de la terre. Mavick naquit.

Claudia en visite chez sa grand-mère à Montréal désira rejoindre son Hugues qu'elle n'avait jamais oublié. Elle consulta un annuaire téléphonique de la ville et trouva tous les Hugues Dorval à qui elle téléphona systématiquement. Après onze négations, à bout de patience, elle parvint à le rejoindre. Par gêne ou délicatesse, elle ne s'expliqua pas au téléphone, mais lui écrivit.

Avec cette lettre s'ajoutant à la mort de Marie-Soleil, Hugues jongla trop souvent avec ses souvenirs. Puis, par cette nuit de profonde déprime marquée de souvenirs trop douloureux, il n'en voulut plus davantage. Ça lui faisait trop mal. Après avoir ingurgité drogues et alcool, il s'enferma au sous-sol de la maison et fit un cisellement dans presque tous les jeux de sa mémoire. Pourtant, un souvenir entêté résistait : il se revoyait toujours avec Claudia à un corso fleuri dans les rues italiennes, parce que c'était ce soir-là qu'il avait déposé sa semence dans le jardin de l'étudiante. Il refit encore un geste de la main comme pour balayer ces images qui défilaient et regagna le salon. Près de lui, une photo de Marie-Soleil et une note : « Je viens te rejoindre, ma toute petite. » C'est là que venait de le retrouver Hélène.

— Lis ça, Hélène. Lis!

... et c'est devant les eaux de la mer Tyrrhénienne que je t'écris. Hugues, je t'ai cherché depuis fort longtemps et je suis heureuse de t'avoir enfin trouvé. (Elle avait glissé dans les plis du papier, un pétale de rose rouge.) Je suis la mère de Mavick, ton fils. Abandonné, il s'est écoulé beaucoup de temps avant que j'aie de ses nouvelles. Après des recherches intenses, j'ai découvert qu'il demeurait dans une famille sicilienne dans la ville de Trapani. Notre fils a grandi, a fait toutes ses études là-bas. Il est maintenant propriétaire d'un commerce toujours florissant. Il est devenu, avec les années, un jeune homme d'affaires avisé. Les vêtements qu'il vend font l'orgueil de ses clients.

Lors de retrouvailles très touchantes, nous avons choisi la franchise et la sincérité. Lui et moi, nous nous sommes vus très souvent par la suite et ton nom faisait briller nos conversations. Il désire ardemment te connaître. Il aimerait bien que tu viennes nous rejoindre.

Si tu venais, on pourrait y voir plus clair. Et

aussi parce que les plus belles choses se doivent d'être partagées. Nous ne t'en voulons pas, mon ami, nous voulons seulement te connaître. Dans la paix. Car c'est dans la paix que l'espoir renaît.

Je ne te dis pas que TU dois venir, je te dis simplement que j'aimerais beaucoup que tu fasses le voyage pour te rendre compte que j'ai bien des raisons de t'aimer encore.

J'ai maintenant trente-neuf ans et j'ai conservé dans le plus beau coin de ma mémoire et de mon coeur, ton souvenir, ton visage et ton nom. L'image de tes yeux et de ton sourire me parle encore.

Mavick n'est pas encore marié. Il demeure seul dans un petit appartement de Florence. Il fait la vie dont il rêvait alors qu'il n'était encore qu'un gosse.

En post-scriptum, elle donnait son adresse à Naples.

Cette lettre sonnait très fort dans la tête et le coeur de Hugues. Hélène laissa le temps aux sentiments de s'apaiser et demanda très doucement :

— Depuis combien de temps as-tu cette lettre?

— Environ quatre mois.

— Tu en gardais tout un secret!...

Hugues baissa la tête en signe d'assentiment mais ne répondit pas.

— Je trouvais aussi que depuis plusieurs semaines tu avais énormément changé. J'en faisais

96

même part à Lise-Ann dernièrement. Tu ne me parlais plus aussi fréquemment qu'avant. Aux repas, tu manquais d'appétit et te réfugiais dans la lecture. Les amis ne t'intéressaient plus ainsi que tes anciennes activités sociales ou sportives.

— Tu comprends maintenant ?

— Oui, je te comprends. Si tu désires voir ton fils, je ne t'en voudrai pas, tu sais. Il faut peut-être répondre à l'appel de Claudia. Elle parle au nom de ton fils aussi.

— Je suis un coeur fermé, je n'ai pas voulu accepter ma paternité il y a vingt ans. En voyant mon fils, c'est à un homme que je m'adresserai, non pas à un écolier.

Les larmes roulaient sur ses joues. Il continua :

— Mon fils a vingt ans... ça me fait peur un peu et je manque de fermeté. J'ai préféré échapper à cette responsabilité... Mavick veut me connaître sûrement pour savoir qui est ce père dénaturé qui l'a abandonné un jour à sa mère.

— Je ne crois pas que ton fils veuille te juger, Hugues. Il veut savoir quel est cet homme qui est devenu son père. C'est légitime. Mets-toi à sa place un instant et tu comprendras qu'il a raison de vouloir te connaître.

Hélène encouragea son mari du mieux qu'elle put et insista pour l'envoyer en Italie. Autant pour le fils que pour le père qui se libérerait ainsi en communiquant avec le jeune homme. Puis après un long silence, très bas, très émue, elle ajouta :

— Tu es privilégié, toi, tu as encore un fils tandis que moi...

— Hélène!...

Hugues éclata en sanglots et Hélène le serra longuement dans ses bras comme pour se faire pardonner.

— Mavick est tout ce qu'il y a de plus profond en toi. C'est ton sang qui coule dans ses veines et c'est aussi un peu de ton coeur qui bat dans sa poitrine.

— Mais je ne peux pas laisser mon travail comme cela.

— Au lieu de prendre tes quatre semaines de vacances à l'été, demande à ton patron de t'accorder deux semaines immédiatement... et les deux autres, on les prendra ensemble en juillet, conseilla Hélène des sourires plein la voix.

Hugues se leva, remisa l'arme dans le coffre-fort et en donna la clé à sa femme. Hélène serra sa main dans les siennes.

La nuit ne fut pas réparatrice ni pour Hélène ni pour Hugues. Tourbillon d'idées. Sur le côté gauche... sur le côté droit... le sommeil n'arrivant pas, ils prirent chacun un Valium et une nuit sans rêves les assomma.

CHAPITRE 8

Janvier coiffa son auréole de vieillard et remit son fauteuil à février qui s'installa beau, mais venteux et froid. Priscille, Gary et Alex étaient finalement arrivés depuis quelques jours.

Téléphones. Surprises. Cadeaux. Tout s'organisa à la faveur de la petite famille. Alex était un merveilleux bébé de trois mois. Il prenait goût à la vie et s'éveillait aux sourires de sa mère. Priscille devenait une maman aussi attentive qu'adorable dans son nouveau rôle de douceur et de tendresse. Elle vivait enfin le rêve qui avait germé et s'épanouissait.

Priscille organisa une belle fête pour le baptême avec le curé David Alain. Lise-Ann avait accepté d'être marraine tandis que Pierre ne voulut rien « savoir de ces niaiseries... » Pour Magali, c'était comme si elle recevait un frère qui vivait dans une autre maison. L'enfant était ravie de ce petit bout d'homme qui arrivait malgré qu'elle n'eut jamais la chance de voir le gros ventre de Priscille. Elle demanda souvent pour le bercer.

Hugues se rendit à Naples et rencontra son fils. Mavick avait l'expression et les yeux rieurs de son père. Très heureux d'en faire la connaissance, Mavick le démontrait à la façon des Italiens. Rires, embrassades et souvent larmes de joie. Les premiers jours furent entièrement consacrés au jeune homme. Hugues apprit avec plaisir que Mavick devait se fiancer avec une Italienne, même qu'il ne restait plus que des détails à régler.

Une fois les plus grosses émotions passées, Claudia se gava de la présence du voyageur. Elle lui laissa même sous-entendre qu'il pourrait venir vivre avec elle en Italie. Le travail était assuré. Mais même dans les bras de cette femme, Hugues pensait sans cesse à Lise-Ann. Il en oubliait même sa femme légitime. Comme un pensionnaire qui échappe à l'étude, il eut soudain l'impression de s'être sauvé d'elle. Il sentait que son mariage avec Hélène agonisait et que la relation qu'il entretenait avec Claudia ne durerait que quelques semaines. Ses souvenirs, il les vivait dans les bras d'une femme déjà devenue étrangère.

De retour chez lui, Hugues dut apprivoiser à nouveau Hélène qui l'accueillit fort chaleureusement. Elle avait travaillé sans arrêt et se moqua de la fatigue qui l'envahissait. Hugues l'embrassa mais son coeur était ailleurs. Il serra très fort Hélène contre lui, mais en eut bientôt assez de ces gestes de parade.

— Excuse-moi!

— Il y a si longtemps, il me semble.

— C'est vrai.

Il alla chercher une bière froide, revint avec Hélène mais se tint plutôt loin d'elle.

L'hiver... trop longue saison. Pour Pierre et Lise-Ann, le divorce était à la porte. Elle en avait fait la demande et tous les deux devaient comparaître en Cour le 19 mars 1981. Il ne lui restait que quelques jours à patienter pour être enfin libre, soulagée, heureuse... Mais seule. Elle se sentait comme une couleuvre qui change de peau.

Pierre n'acceptait pas et faisait à répétition à Lise-Ann des colères épouvantables. Il entrait encore plus tard qu'avant, faisait le maximum de bruit, demandait des repas qu'il ne mangeait pas et, comme avant, la blessait de ses paroles et de ses gestes.

Arrivé à la Cour Fédérale du Palais de Justice, l'avocat de Lise-Ann, Me Jacques Mireault, lui conseilla de répondre le plus brièvement possible aux questions du magistrat. Il la rassura en lui disant qu'elle n'avait qu'à le regarder advenant un embarras. Lise-Ann expliqua au juge qu'elle demandait le divorce parce que son mari était irresponsable, la laissait seule des semaines entières avec son enfant, ne lui donnait aucune nouvelle et disparaissait à tout moment selon ses fantaisies et ses caprices.

— C'est la seule raison?

— Il est très violent envers moi et notre fille, Magali.

— Quel âge a votre fille?

— Magali a quatre ans et cinq mois, Monsieur le juge. De plus, mon mari ne prend aucune responsabilité. Il est alcoolique, me frappe très souvent et tient à mon endroit des propos très désobligeants. La gravité des blessures qu'il m'inflige dépend de ses humeurs.

Lise-Ann baissa la tête et le juge la regarda :

— Poursuivez, madame.

— À notre dernière dispute, il m'a menacée avec une paire de ciseaux.

— Ça remonte à quand?

— Il y a trois jours.

— Ensuite?

— Il est d'une violence maladive et passe plus de temps avec un certain monsieur qu'avec moi. Je ne suis plus intéressée à avoir cet homme dans ma vie.

— Entretient-il des relations homosexuelles avec lui?

Lise-Ann regarda à nouveau Me Mireault qui pinça les lèvres et fit un petit oui de la tête.

— Je le crois.

— En êtes-vous certaine?

— Non.

Il y eut un murmure dans l'assistance. Frank était connu de plusieurs personnes à cause de son métier de coiffeur et parce qu'il affichait publiquement sa liaison avec Pierre.

Lorsque le tour de Pierre arriva de faire sa déclaration, les mots lui manquèrent. On pouvait lire une cruelle angoisse sur son visage blafard. Il obtempérait aux signes de son avocat qui lui demandait courtoisement de tout avouer.

Le juge prononça le divorce. Lise-Ann obtenait la garde de Magali. Pour rien au monde, elle ne voulait perdre son enfant. Le magistrat rappela le délai de trois mois pour tous les documents officiels.

Au prononcé du divorce, Lise-Ann se précipita dans les bras de Christelle. Madame Duteuil qui gardait Magali fut débarrassée d'une grande angoisse lorsque les deux femmes arrivèrent chez elle pour lui raconter leur expérience et reprendre l'enfant.

À sa sortie, Pierre se parlait : « Magister dixit, Le maître l'a dit. » Il se rendit chez Lise-Ann et lui écrivit sur un bout de papier : « Efface de ta vie tout le mal que je t'ai fait. Mais n'oublie pas qu'un jour tu entendras à nouveau parler de moi. » Il reprit quelques effets personnels et sortit par la porte arrière.

Lise-Ann ne sortit presque pas dans la semaine qui suivit. Elle s'enferma dans sa maison comme une huître dans sa coquille et réfléchit. Elle reconnut qu'ils vivaient comme des étrangers depuis si longtemps... que... ce qui devait arriver arriva. La vie les avait oubliés quelque part à un carrefour, celui de l'indifférence. Ils s'en trouvèrent divisés. Mutilés.

Puis elle recommença à faire des visites à Priscille, les courses de chaque semaine et de temps en temps, elle passait chez son coiffeur. Plus tard, lorsque la blessure devint davantage cicatrice, elle retrouva le chemin du cinéma. Dans les pires moments de solitude, elle visitait Hugues. Entre eux semblait s'approfondir une forme d'amitié simple et honnête, belle et complice.

C'est ainsi qu'un soir d'avril, Hugues se rendit au même cinéma que Lise-Ann. Hélène manifestait une réelle indifférence devant cette amitié particulière de son mari. Elle entretenait une certaine pitié pour son homme, son « névrosé » comme elle l'appelait lorsqu'elle en parlait à ses compagnes de travail. À la fin du film, Hugues rejoignit son amie qui lui raconta des histoires à n'en plus finir et il riait sans arrêt.

Ils marchèrent longuement. Ils aperçurent quelques tulipes qui sortaient leurs têtes pour les pointer vers le ciel étoilé en ce printemps naissant. L'air était frais, d'une douceur caressante. Hugues rêva du jour où il pourrait prendre Lise-Ann dans ses bras et l'entourer comme un bijou dans son écrin. Il imaginait des jours plus heureux. Dans un geste lent, il la ramena contre lui :

— J'aimerais être avec toi nuit et jour parce que je me fais du souci pour toi. Depuis le premier instant que je t'ai vue, mon coeur n'a cessé de battre que pour toi, et ma raison de m'en dissuader.

Ils arrêtèrent. Elle eut pour lui un regard si profond qu'il parut gêné, ce qui n'empêcha pas un baiser ardent. Hugues essaya de parler : Si tu veux...

Il n'eut pas le temps de continuer que déjà elle avait posé ses doigts fins sur sa bouche comme pour ne pas déballer le très beau cadeau qu'il lui faisait de sa présence.

— Hugues!... se contenta-t-elle un peu intimidée.

— Tu sais, Lise-Ann, je te souris souvent avec mon coeur, c'est aussi comme ça que je t'aime. Parfois, je te vois vaquer à tes occupations et j'imagine les faire à ta place pour te permettre d'avoir plus de temps à me consacrer, se permit-il d'ajouter en serrant encore plus fort la main qu'il tenait jalousement dans la sienne.

Ils continuèrent leur marche. Lise-Ann risqua :

— Les années s'écoulent trop vite lorsqu'on est heureux, je suppose. Moi, j'ai encore le temps de laisser au bonheur l'occasion de jouer gagnant avec moi. Je lui donnerais bien la chance de me faire signe... Je n'ai pas vraiment été heureuse avec Pierre à part la première année.

— Comment te sens-tu maintenant que ton divorce est prononcé?

— Parfois, je me sens comme un oiseau blessé qui avance péniblement. Je me sens comme une femme qui a aimé toute sa vie mais à sens unique. T'est-il déjà arrivé de vivre ce sentiment, Hugues?

Elle s'arrêta pour le regarder, comme si pour elle la réponse à cette question était essentielle.

— Bien sûr! Quel humain, crois-tu n'a pas vécu un jour ou l'autre cette forme d'amour?

— Je peux t'affirmer que ce genre d'expérience affecte grandement la confiance. J'essaie par toutes sortes d'activités de chasser ces idées noires de ma mémoire, et parfois j'en suis nettement incapable. J'espère qu'un jour viendra où les joies ne cesseront de ruisseler. Je veux vivre ce jour où la vie sera le miroir le plus beau de tous mes bonheurs.

— Je t'ai souvent remarquée en train de dessiner. Comme tu m'intrigues, Lise-Ann! Que dessines-tu?

— Un visage... Oui, je me surprends à dessiner un visage, toujours le même.

— Raconte-moi, insista Hugues, très intéressé.

Ses idées s'ordonnèrent dans son esprit et devinrent claires comme du cristal. Lise-Ann devint transparente et n'eut plus de secret pour lui.

— Je dessine le visage d'un jeune homme dans la vingtaine. Il est beau... angélique même. Ses traits sont doux, très doux. Ses sourcils sont épais et quels yeux! Un regard à vous paralyser!

Hugues sourit et déclara moqueur :

— C'est mon portrait! Oui, ma chère, lorsque j'avais cet âge, j'étais à l'image de ta peinture.

— C'est donc un chef-d'oeuvre! se plut-elle à ajouter en ralentissant le pas pour contempler à la clarté des lumières de la rue cet homme aux yeux perçants. Tu aimes Hélène? demanda-t-elle sans grande conviction.

— Je demeure avec elle.

— Tu as quarante-six ans, Hugues et moi vingt-huit.

— L'âge n'a aucune espèce d'importance.

— À Hélène et à toi, vous faites l'âge de mon grand-père, ricana-t-elle en empruntant une voix de petite fille.

— Oh! Lise-Ann, cesse tes folies, je suis sérieux en ce moment.

Hugues la prit dans ses bras, la souleva, fit trois tours sur lui-même et la ramena sur le sol. Ils arrivèrent à l'auto. Le clair de lune jetait sa luminescence et éclairait les deux visages. Lise-Ann avait perdu tout maquillage, ses yeux brillaient comme des billes au soleil d'un après-midi de juin. Il ajouta :

— Comme le disait un vieux poète romain : « Le vieillissement est un mal nécessaire qu'il faut savoir accepter pour gagner la sérénité. »

— Oh! Oh! Quelle sagesse! admira-t-elle, moqueuse. Bon! Bon! Il est temps de rentrer. La nuit aura une bonne avance sur nous si nous demeurons encore ici.

Lise-Ann était délicieusement belle dans son ensemble noir et blanc. Hugues rentra mais Lise-Ann préféra se balader encore quelques minutes dans les rues tranquilles et avoisinantes de sa demeure. Peu à peu, elle se sentit suivie de très près. Elle voulut traverser la rue, mais trop tard, l'individu avait placé un bandeau sur la bouche de sa proie. Lui ramenant les deux bras à l'arrière, il les lui lia avec un vieux bas de nylon. Il se tenait toujours derrière Lise-Ann et ne montrait pas son visage. Lise-Ann avançait avec difficulté en sentant un objet dans son dos. Elle eut peur que l'homme soit armé. Il la conduisit dans une Pontiac 79 de couleur rouge. Il enleva le tissu placé sur sa bouche et la fit coucher sur le ventre sur la banquette arrière où traînaient trois caisses de bière.

— Défense de relever la tête.

— Pourquoi me fais-tu ça? On va s'inquiéter de moi, cria-t-elle.

— Tais-toi, répondit-il.

Le coeur hors des entrailles, il riait, il l'humiliait.

— Pourquoi moi?

— Parce que tu mes plais... tu me ... plais.

Il l'amena à l'orée d'un grand bois. Il lui délia les mains et lui ordonna de se déshabiller complètement. Elle regardait cet homme aux traits sévères. Gros avec quelques cicatrices sur le front et les joues. Il était vêtu d'un jean et d'un chandail noir sur lequel s'envolait un aigle de couleur métallique.

Pour qu'elle se rappelle de lui très longtemps, il lui coupa quelques mèches de dix centimètres ici et là dans les cheveux. Il se débarrassa de « ces soies » en les jetant par une fenêtre.

Un besoin de le gifler s'empara d'elle, mais elle réussit à contenir son agressivité. Il pourrait sans doute user de plus de violence si...

— Écarte-toi les jambes, t'es pas infirme. Tu sais c'que t'as à faire!

— Y a pas de place.

— Maudite épaisse! Tu vas apprendre que...

Il l'embrassa, laissa couler sa salive sur les seins et le ventre de Lise-Ann puis cracha tout son venin.

— Tu m'écoeures!

— Tu vas voir, j'ai bien mieux.

Il explora l'intérieur de ce corps déjà mutilé. Il ouvrit une bouteille de bière, la vida sur l'abdomen de sa proie. Elle se servit de la seule arme qu'elle avait : ses ongles. Elle les lui enfonça dans la peau des bras et du dos et continua jusqu'à ce qu'il vit des sillons de sang. À la vue de ses blessures, l'homme perdit tous ses moyens. Il se retira perdant et partit en criant :

— Je te reverrai bien un jour!

Lise-Ann se retrouva seule dans ce boisé. Elle marcha pliée comme un jeune roseau que le vent a trop agité. Désespérée, elle se dirigea vers la première maison qu'elle vit. Il n'y avait pas de lumière mais qu'importe! elle sonna. Un vieux couple vint répondre. Elle s'effondra.

— Entrez ma petite dame, fit la vieille femme accueillante en voyant Lise-Ann dans un urgent besoin.

— Merci énormément.

— Que se passe-t-il? Votre mari?

— Non, madame.

— Votre ami? Vous avez bu?

— Non, répondit encore Lise-Ann, visiblement très nerveuse, les vêtements en désordre et les cheveux en broussailles.

— Prendriez-vous quelque chose de chaud?

— Je boirais un thé bouillant, s'il vous plaît.

Le vieux monsieur vêtu d'une longue robe de chambre vert forêt la fit asseoir. Il regarda la victime, muet, mais l'air tellement sympathique. Il ne parla pas et attendit que sa femme apporte la tasse réclamée. Lise-Ann exprima le désir de se laver la figure et les mains tachées de sang. La septuagénaire la précéda et elles entrèrent dans une chambre de bain très ordinaire et un peu en désordre. Lise-Ann en revint un peu rafraîchie et commença à boire son thé.

— Je peux téléphoner? Je dois appeler quelqu'un pour venir me chercher. J'ai fait garder ma petite fille, on va s'inquiéter de moi.

— Finissez d'abord votre breuvage, petite.

La dame la regarda et ne comprit pas encore ce qui lui était arrivé. Lise-Ann voulut garder secrète cette mauvaise expérience et se hâta de finir pour demander à nouveau le téléphone.

— Avant de déranger une personne qui dort, dites-moi où vous demeurez, je pourrais peut-être aller vous conduire, offrit le vieillard.

— Non, merci, monsieur. Je vous ai assez dérangés tous les deux. Je vais appeler un taxi.

Elle vérifia le contenu de son sac à main, tout y était, heureusement. Un chauffeur de taxi la ramena chez madame Duteuil. Il était cinq heures du matin. Elle partit avec l'enfant et rentra chez elle.

« Quel sauvage! Quel sauvage! Mon Dieu! Mon Dieu! faites quelque chose, j'ai tellement mal à ma vie!... »

Elle criait si fort que Magali pleura de peur. Elle rassura son enfant qui finit par s'endormir à côté d'elle dans le grand lit.

Dans l'après-midi, elle avait changé d'idée et se rendit au poste de police.

— Madame, il y a beaucoup de femmes à qui ça arrive.

— Mais toutes ne le disent pas. Moi, je suis ici et vous me soupçonnez de mentir!...Voyons, monsieur l'agent, réveillez-vous!

— Faute de preuve, nous ne pouvons rien faire. Nous sommes désolés.

— Je rêve, ma foi...

En retournant chez elle, lui revenaient sans cesse à l'esprit les paroles de la chanson LA SOURCE. Elle revivait son cauchemar.

Avec toutes ses mèches coupées, elle n'eut d'autre choix que de faire tailler ses cheveux très courts. Heureusement, le changement lui allait bien.

CHAPITRE 9

Mars traversa le temps sans trop d'efforts. Il tonna en avril mais le printemps s'installa beau et romantique, paresseux et fleuri. Un jour alors que Lise-Ann s'occupait à arroser son jardin, elle s'arrêta devant une grive qui gobait au vol des insectes, et qui, non rassasiée, allait dans le jardin trouver quelques vers de terre. Depuis des semaines, ce merle avait élu domicile tout près de la demeure de Lise-Ann. Les petits attendaient le repas apporté par leur mère. Lise-Ann s'attendrissait toujours devant la becquée. Malheureusement une des petites grives blessée ne pouvait voler. Elle aussi ouvrait si grand le bec pour y recevoir un ver de terre qu'il aurait pu avoir deux ou trois fois son volume. C'est ce même bébé grive que trois jours plus tard Lise-Ann vit dans la gueule de Moustache...

Au milieu du mois de mai, Lise-Ann mit une pancarte dans la fenêtre du salon : MAISON À VENDRE. Les gens intéressés mêlés à de nombreux curieux vinrent de partout. Seulement deux semblaient vraiment sérieux. Avec regret, elle céda sa propriété le premier juillet : Ginette et Robert Chamberland devenaient ses successeurs.

Ce matin-là, un long camion blanc arriva. Il pleuvait. Toute la nuit, une fine pluie intermittente. À l'aurore, des cellules orageuses se formèrent, mais l'orage ne vint pas heureusement.

À la vue de cette pancarte qui ne demeura que trois jours dans la fenêtre panoramique, Hugues resta bouche bée. Il pensa que c'était le moment privilégié pour partir avec cette femme. Lise-Ann ne voulut pas. Il comprit et n'insista pas davantage. Elle préférait s'abstenir de le voir.

Les jours s'écoulèrent et elle s'affaira tant bien que mal à tout ranger de telle sorte qu'elle en oublia presque son voisin attentionné. Elle s'accorda beaucoup de temps, histoire de vérifier ses sentiments. La remise en question s'imposa. Puis Lise-Ann et sa fille occupèrent alors leur nouveau logis de la rue Versailles en face du lac Lebel. Magali découvrit deux voisines qui devinrent rapidement ses amies.

L'enfant grandissait mais ne comprenait pas très bien pourquoi Pierre, son papa chéri, ne donnait pas de ses nouvelles. Souvent, elle questionnait sa mère qui demeurait avare de réponses et de commentaires.

Le quotidien. Vivre au quotidien. Lise-Ann s'accommoda peu à peu de sa nouvelle place. Un bonheur au goût suave ouvrit largement ses ailes. Un jour, elle remarqua au détour du miroir une enflure de ses yeux. Se souvenant du truc de Christelle, elle appliqua une crème aux concombres et une heure plus tard, ils redevinrent normalement éclatants. Puis elle se rendit compte que sa fille était bien, comme ça, entourée d'enfants de son âge.

Août coiffait maintenant les arbres d'un chapeau riche en couleurs. Lise-Ann vit souvent des gens venir se baigner dans le lac; beaucoup d'enfants criaient en rencontrant la joie de l'eau. Plusieurs personnes arrivées au cap de la soixantaine venaient aussi pique-niquer sur les grandes étendues de gazon d'un beau vert foncé. Les arbrisseaux, encore trop jeunes, offraient bien peu d'ombre. Le soleil se faisait la fête sur les épaules des vacanciers. Pour la nouvelle locataire, ce site s'avérait l'endroit idéal : mi-achalandé, mi-tranquille.

Priscille et Gary visitèrent parfois leur brave amie. Un soir de septembre, ils arrivèrent en compagnie de leur fils Alex.

— Dis, tu es drôlement bien installée, ici, fit Priscille en visitant une à une les pièces décorées à l'image de l'hôtesse.

Tons doux et beaucoup de plantes vertes ornaient les appartements. Lise-Ann avait su donner à des petites choses banales une allure de gaieté. Elle mettait de la vie partout où ses mains passaient. Elle avait rajeuni la décoration de sa chambre et du salon et elle avait acheté un mobilier de cuisine dernier cri. Dans ses « nouveaux » meubles, elle était certaine de ne plus revoir l'image de Pierre, de ne plus sentir sa présence. La chaise qu'il aimait tant au début de leur mariage n'y était plus. Parties les empreintes, envolés les souvenirs. De style méditerranéen, le mobilier de la salle à manger se conjuguait avec la beauté et le confort. Les sièges à monture en bois dur étalaient des dossiers cannés où le dos prenait plaisir à se reposer.

Sa chambre étalait ses tons de rose et de blanc, le rose étant la couleur que Pierre détestait par-dessus tout. La couverture de lit romantique assortie de coussins faisait le plaisir de l'oeil attentif. Les rideaux bonne femme à cantonnière tenante encadraient une fenêtre à carreaux où entrait le soleil des matins clairs. Des plantes variées grandissaient baignées d'une abondante lumière. Sur la table ronde à côté du lit, elle laissait toujours une tasse de thé. Qu'il fut froid ou chaud, elle en prenait une gorgée chaque fois qu'elle entrait dans sa chambre. Lorsque la tasse était vide, Lise-Ann la remplissait comme pour boire à ses meilleurs moments. Un téléphone radio-réveil tenait jalousement sa place près de la tasse de porcelaine.

Dans le salon, tout respirait la détente et la paix. De style régional français et dans sa couleur bleu ardoise, le grand divan occupait le plus bel angle de la pièce spacieuse. Un tapis noué à la main apportait une note orientale. Trois magnifiques tables devenaient pratiques voire même essentielles pour les livres et les lampes. Le fauteuil d'appoint présentait un aspect tapisserie et se mariait bien au reste dans une gamme de bleus et de beiges.

Octobre impitoyable arriva en chassant un merveilleux été. Magali eut cinq ans et c'est le jour de son anniversaire que son père lui fila, pour la première fois, un coup de téléphone.

Il tenta par la même occasion de rejoindre Lise-Ann, de la revoir, mais en vain... Il fut vite ramené à la réalité.

— Lise-Ann, juste un petit moment, j'ai tant de choses à te dire.

— Il fallait les dire lorsque tu en avais le temps.

— Oui, mais...

— Il est trop tard, mon pauvre Pierre. Il fallait réfléchir avant de poser tous les gestes qui ont fait de toi ce que tu es devenu maintenant.

— Si tu voulais, je...

— Je ne veux plus rien entendre de toi, j'ai

assez souffert.

Insulté devant la résistance de Lise-Ann, Pierre se fâcha :

— Tu ne perds rien pour me faire attendre.

— Assez! Assez!

Pierre parlait encore quand Lise-Ann raccrocha. En remettant le récepteur sur le support, elle fut surprise dans son geste par Magali qui pleurait parce qu'elle voulait parler une autre fois à son père. Lise-Ann prit sa guitare et commença à gratter quelques cordes. Au son d'un air enlevant, Moustache se réveilla, l'enfant se calma et le désir de causer avec son père tomba vite dans l'oubli. Tout en jouant, Lise-Ann pensait au chemin qu'elle venait de faire seule.

Elle se plaisait dans les objets qu'elle avait choisis et aimés. C'était un bonheur renouvelé que de se retrouver, à chaque fin de journée, près de ses meubles, de ses plantes et de ses livres. Il lui fallait encore panser les plaies, colmater les brèches. Elle jouait à prendre un air bravache devant la vie qui ne l'avait pourtant pas ménagée.

Douée du talent de musicienne, la maman de Magali ouvrit une école de musique et de chant. Elle y recevait quotidiennement des enfants et des adultes de tous les âges. Elle leur prodiguait des conseils, des trucs concernant la technique de la guitare et de la voix. Chanter lui était salutaire.

« En chantant, le coeur se repose, les tensions diminuent et meurent certains souvenirs. »

Son sens inné de l'organisation lui permit d'apporter davantage d'harmonie dans son travail et sa relation avec Magali. Un petit local loué sur la rue Clarence fit les frais de salle de cours. Elle se retrouva forte, armée pour affronter la vie et ses embûches, ses pièges et ses ruses. Au seuil de la trentaine, elle se créait un style de femme épanouie dans son corps et dans son coeur.

Par son travail, elle avait l'impression de se rendre fort utile à une foule de gens. Elle trouvait formidables les tout-petits lorsqu'ils chantonnaient sans gêne dans leur spontanéité et une belle liberté d'expression. Lise-Ann se sentait ravie d'être ainsi constamment sur la brèche et aimait être sans cesse en action comme une mésange.

Un soir, Priscille vint seule visiter Lise-Ann et remettre à Magali un ensemble de jouets *Fisher Price* pour son anniversaire déjà passé depuis quelques jours. En recevant le colis, l'enfant poussa un grand cri de joie puis adressa un beau sourire à sa « tante » en guise de remerciement. Elle ouvrit l'emballage et se trouva en face de douze petits bonshommes prêts à jouer avec elle. Priscille reçut autant de baisers qu'il y avait de personnages.

La visiteuse s'en trouva comblée. La joie dessinée sur le visage de Magali se reflétait clairement sur le sien. L'enfant prit avec elle les nouveaux copains, laissa la boîte et le papier d'emballage au milieu de la cuisine et demanda pour jouer avec ses nouveaux petits amis. Magali se retira dans le salon et étala ses figurines sur le tapis. S'adressant à l'une d'elles :

— Tu sais pas que mon papa m'a parlé l'autre jour au téléphone, il est rendu loin, loin...

Priscille entendit l'enfant monologuer et mourut d'impatience d'en savoir davantage. Elle abaissa le volume de la radio, tendit l'oreille mais Lise-Ann vint tout gâcher.

— Magali, viens, l'eau du bain est coulée.

L'enfant fit mine de pas entendre et sa mère reprit d'une voix plus impérative.

— J'arrive maman, j'arrive. Est-ce que je peux apporter mes amis dans l'eau?

— Apporte plutôt ton canard jaune et ton bateau bleu.

Magali donna un baiser sur la joue de sa mère, passa son bras gauche autour de son cou comme pour s'assurer qu'elle ne glisserait pas et entra dans la baignoire remplie d'eau tiède et savonneuse. Lise-Ann lava la petite et mit beaucoup de mousse afin qu'elle s'amuse à jouer à cache-cache avec ses mains, le canard et le bateau.

Elle revint dans la cuisine où l'attendait Priscille qui lui demanda à brûle-pourpoint :

— Pierre a téléphoné?

— Oui, il a parlé à Magali pour sa fête. C'était la première fois depuis que je l'ai quitté. Magali était aux anges, tu comprends. Il lui a encore fait des promesses qu'il ne tiendra jamais.

Lise-Ann se leva, alla remplir un plateau de *Pretzel* et vida deux bières dans des flûtes qu'elle apporta sur la table.

— Il t'a parlé à toi?

Il y eut un moment de silence. Lise-Ann se sentit mal dans tout son être puis reprit son sang-froid et avoua :

— Oui. Il disait qu'il regrettait, qu'il souhaitait me revoir, qu'il avait changé, qu'il avait conservé son travail de journaliste... Tu imagines la suite.

— Évidemment! Qu'as-tu répondu?

— Je lui ai dit que je n'étais nullement intéressée à lui parler et encore moins à le voir. Il semblait confus mais moi, j'étais absolument certaine de mes sentiments.

— Tu me surprends Lise-Ann, toi qui l'aimais tellement!...

— L'amour est maintenant chose du passé avec lui, conclut-elle froidement. Il m'a encore menacée et j'ai peur.

— Plus tard, tu découvriras un nouvel amour, et à ce moment-là, j'ai la certitude que ce sera un amour durable qui ne trompera pas.

— J'espère et j'ose m'accrocher à cet espoir.

— Crois en toi, ma chère. Il n'y a que toi pour amener sur ta route quelqu'un qui pourra t'aimer vraiment pour ce que tu es, pour ce que tu dégages.

— J'aime penser qu'une bonne étoile me suivra et me guidera là où je dois aller, mais tu sais, je ne suis pas de celles qui sont trop pressées d'être déçues.

Lise-Ann alla vérifier comment Magali se débrouillait avec sa mousse abondante. Revenue au salon, elle sortit un tricot au crochet.

— C'est magnifique! s'exclama Priscille.

Lise-Ann lui montra une belle couverture jaune et blanche faite de laine très très fine au point byzantin.

— Elle sera pour Alex.

— Je te remercie beaucoup et suis très heureuse que tu exerces un autre de tes talents. Le bébé sera ravissant dans cette couverture, d'autant plus que les jours froids arriveront bientôt.

Soudain, Magali rit aux éclats. Lequel du canard ou du bateau lui avait fait une blague? Ce pouvait être le canard jaune qui lui racontait une histoire drôle, une histoire de bateau...

Lise-Ann regarda fixement son amie et lui demanda :

— Tu crois vraiment en un autre amour pour moi?

— Tu es très belle et quelqu'un saura bien un jour trouver la route qui mène à ton coeur que tu fermes pour l'instant.

— Ce chemin s'appelle le sentier de la fragilité.

— Ah! ce que tu peux être romantique, toi.

Priscille regarda par la fenêtre et Lise-Ann vit monter la question qui suivrait.

— Avec Hugues, c'est autre chose, n'est-ce pas?

Lise-Ann avala une bouchée qui passa mal, prit une gorgée de bière, se leva et ajouta :

— Hugues est fou de moi. Il m'aime à ne plus en dormir la nuit. Lorsque j'ai mis ma maison en vente, je le surprenais souvent dans sa fenêtre de salon à regarder ici. Lorsqu'il s'apercevait que je le voyais, il s'éclipsait.

— Et sa femme dans tout cela?

— Bien sûr, il y a Hélène, mais il ne l'aime plus. Depuis qu'ils ont perdu Marie-Soleil, toute leur vie a pris un tournant. Elle travaille beaucoup et s'organise pour être à la maison le moins souvent possible. Même que dans ses temps libres, elle prend des cours d'escrime. Je crois bien qu'elle aussi est sans amour pour lui.

— Sans amour pour lui, répéta Priscille en écho.

— Plus du tout, fit Lise-Ann catégorique.

— Et toi, l'aimes-tu un peu? s'enquit la visiteuse, curieuse.

— Je ne me suis pas encore vraiment arrêtée à cet amour qui me semble à prime abord impossible. Oh! il y a eu des marques de tendresse sans plus. Je n'aimerais pas redevenir une amoureuse-fantôme. J'ai trop connu ce sentiment avec Pierre. Je demande tout simplement le bonheur. Être bien et heureuse. Une petite voix se fit entendre :

— Maman, je veux sortir, l'eau est toute partie.

La peau de l'enfant était déformée par l'eau. Magali riait en voyant le changement sur ses mains et sur ses pieds. Elle sentait bon, et comme un petit chaton, elle alla se blottir contre un oreiller moëlleux dans son lit très accueillant couleur d'un croissant de lune. Le sommeil arriva facilement. Elle s'y abandonna comblée.

Priscille fixa une toile laissée sur un chevalet dans un coin du salon.

— Qu'est-ce que c'est? Qui est ce personnage?

— Je ne sais pas. Lorsque je suis en quête de changement ou en période creuse, je dessine et c'est invariablement ce visage que je peins sans savoir ce qu'il représente exactement. Si je suis au téléphone, par exemple, ce personnage prend forme sous mon crayon, aussi étrange que ça puisse paraître, confia l'artiste.

— Bizarre! Bizarre!

Priscille ne put en dire plus mais fut estomaquée par cette vision. « Peut-être qu'un jour, ce visage sera une réplique vivante de mes pensées », espéra Lise-Ann en reconduisant son amie qui partait.

CHAPITRE 10

Le temps se traîna vers la fin d'un autre mois. La neige de novembre tomba douce et légère. Il n'en fallut pas plus pour imaginer déjà un Noël féerique.

Mavick annonça finalement ses fiançailles à la jeune Italienne, Eloïse. Elle impressionna le fils de Hugues dès la première rencontre. Il l'avait croisée chez un marchand de fleurs de la rue San Gregorio Armeno, à Naples, alors qu'il se rendait acheter des roses pour l'anniversaire de sa mère. Elle portait de très longs cheveux foncés qui tombaient jusqu'aux reins. Ils descendaient sur ses épaules comme un grand voile noir. Premier regard. Premier sourire. Première invitation. Agée de vingt-deux ans, la jeune femme était mannequin professionnel pour des revues de mode italienne et espagnole. Sa sveltesse n'avait d'égal que sa beauté.

Dans une lettre récente, Mavick demandait à son père de lui servir de témoin à son mariage. Hugues le lui avait promis au mois de février précédent. Occasion rêvée pour revoir son fils, il accepta sur-le-champ. Il lui communiqua son intention dans un télégramme.

Hugues se rendit chez Lise-Ann et lui annonça son départ prochain pour Naples. Épuisée, elle éclata en sanglots. Elle ne pensait pas réagir ainsi, mais la pensée de se retrouver seule, plus personne avec qui parler, avec qui échanger lui fit peur. Il la serra très fort contre lui, essuya ses larmes et lui chuchota une citation d'un auteur qu'elle connaissait un peu : « L'âme n'aurait pas d'arc-en-ciel si les yeux n'avaient pas de larmes. »

Lise-Ann se ressaisit, regarda son ami pour lequel elle avait cru n'avoir aucun sentiment profond. Elle posa un geste révélateur en se pinçant les joues pour montrer que leur rougeur émanait d'une trop forte émotion.

— Pardonne-moi, Hugues, je ne désirais pas ce genre d'accueil pour toi, tu es tellement extraordinaire, lança-t-elle, convaincue cette fois.

— Tu devrais aller jusqu'au bout de ton chagrin, il te sera plus facile ensuite de comprendre ce que j'ai à te dire.

— Ça va maintenant, avoua-t-elle en passant un papier-mouchoir sur ses yeux et ses joues encore rouges.

Magali sortit de sa chambre après une bonne sieste et trouva Hugues et sa mère très près l'un de l'autre. Cet homme avait déjà fait sa marque sur l'enfant. Candidement, elle demanda :

— Maman, Hugues, il est ton amoureux?

— Mais non, Magali.

Hugues aurait préféré entendre autre chose mais le temps lui en donnera peut-être la chance plus tard. Magali partit dessiner et revint joyeuse en montrant son chef-d'oeuvre produit avec la seule craie qu'elle avait trouvée par terre.

— Explique-moi ton beau dessin.

— Bien, ici, c'est moi. Là, c'est toi. Moustache dort à côté de moi. Ça c'est Julie.

— Et ce petit bonhomme dans le coin de ta feuille? Il est loin de ta maison, lui, qui est-ce?

— C'est papa. Je le vois pas souvent, c'est pour ça que tu le vois pas beaucoup.

Lise-Ann demeura sans réplique. Hugues se rapprocha encore plus près d'elle et murmura :

— Je vais à Naples et je reviendrai dans un mois.

— Un mois?

— Il le faut! pour mon fils, pour Mavick. Dis-moi que tu peux comprendre.

Elle se recroquevilla sur sa douleur à la fin d'un jour pâle où elle ne trouva du bon que dans le sourire de son ancien voisin. Hugues expliqua qu'il devait servir de témoin au mariage de son fils le vingt-sept décembre prochain.

— Je lui souhaite beaucoup de bonheur. Même sans le connaître, je le respecte et je ne lui veux que du bien.

N'ayant pas encore soupé, Lise-Ann commanda une pizza. Hugues l'accompagna et dégusta plus de la moitié du plat. Du bon vin arrosa le chagrin partagé, tandis qu'une tarte aux fraises à peine commencée fut terminée. C'était la tarte préférée de Magali. Elle ne voulut pas de pizza, seulement un gros morceau de tarte.

Le temps de tout replacer dans la cuisine, puis, Hugues en compagnie de Lise-Ann entrèrent dans le salon. Il se résigna à prendre la guitare près du fauteuil d'appoint. Penché sur l'instrument, il souriait. Elle prit place sur le grand divan tout près de lui, déposa son bras droit autour de son cou en signe d'encouragement. Il arrêta brusquement sa mélodie et de ses deux mains, prit le visage de celle qu'il voulait depuis toujours avec lui. Il lui souffla à l'oreille :

— Je t'aime.

— Je sais.

— Je t'aime tellement que j'ai du mal à me contrôler. Je te désire depuis si longtemps, ma chérie. Ne me refuse pas cette joie de te posséder.

— C'est inutile, Hugues, c'est un amour impossible. En ce moment, j'ai l'âme à la nage. J'ai peur qu'il ne faille beaucoup d'années avant que ne guérisse vraiment la cicatrice au coin de mon coeur. Et puis, tu t'en vas...

— Plus on donne d'amour, plus il en reste.

— J'ai l'impression que j'ai tout donné.

— Embrasse-moi, il ne reste pas beaucoup de temps avant mon départ et je ne veux pas regretter de ne pas l'avoir fait.

Il l'embrassa longuement, avec passion. Lentement, il descendit la bretelle de son corsage et toucha son sein.

— Parfois je voudrais retenir le temps, l'arrêter pour célébrer comme un roi cette soirée qui fera époque dans ma vie. Je veux prendre soin de ton bonheur et je sais que dans mes bras, tes larmes sécheront rapidement.

Il toucha de sa main moite le front de Lise-Ann, puis sa bouche. À nouveau, elle reçut un long baiser.

— C'est vrai, tu es un ami formidable, Hugues, et j'apprécie que tu sois ici ce soir, avec moi. Depuis tantôt, je crois que ta présence m'est devenue indispensable.

— Dès mon retour, il faudra penser à se revoir plus souvent. Mon présent est un avenir que je supplie. J'aimerais bien savoir où nous en serons dans deux ans.

— Vis aujourd'hui, vis cette minute. Ne pense pas au lendemain. Il arrivera, comme ça, gratuitement. Chaque soir, prends quelques minutes pour admirer le coucher du soleil jusqu'à l'horizon et, seulement après, pense à la nuit qui suivra.

Il promena ses deux mains sur les épaules nues de Lise-Ann jusqu'au moment où elles épousèrent la forme de ses seins. Il était sur le sentier de la conquête et s'en trouva très satisfait.

Elle prit le temps d'enlever et de plier méthodiquement la couverture de parure. Hugues l'aimait. Elle se laissait désirer, aimer. Il sut conquérir le coeur de celle qui lui ferma si souvent le sien. Emportée dans une belle euphorie, elle se donna à celui qui rêvait depuis si longtemps à son corps ravissant. Ils prirent tout le temps, faisant fi des heures qui s'écoulèrent douces et tendres au creux de ce lit depuis si longtemps déserté d'un véritable amour. Les « bagatelles de la porte » furent primordiales pour les deux amants. Une sensation inconnue naquit en elle. Avec Pierre, ces choses lui laissaient un goût de cendre, mais ce soir-là, elle trouva bon de se laisser apprivoiser. Délicieuses différences.

Une musique langoureuse offrit ses doux accords en ces instants d'extase. Le long prélude éveilla en elle toute la joie qu'elle eut à se donner à cet homme, son ami... cet ami...

Sa tête se renversa, ses jambes s'écartèrent. Des soupirs rythmés. Des gémissements. La sensation de viduité lui devenait intolérable. Hugues menait à bonne fin tout ce prélude amoureux. Ils communiquèrent à travers l'acte des corps, comme s'ils avaient toujours vécu ensemble. Il n'était plus l'étranger, le voisin; il était l'amant presque parfait. Des baisers renouvelés conclurent cette rencontre unique. L'amoureuse se tourna sur le côté, bien en face de cet homme qu'elle chérissait.

— Super! Formidable! Hugues, tu es sensationnel.

— Je suis comblé, très heureux ce soir. Tu es dans ma tête depuis si longtemps, l'impression de te posséder m'a enivré, grisé.

Il écrasa une larme qui coulait brillante sur la joue démaquillée de Lise-Ann. Il embrassa d'une façon princière ses paupières humides.

— Eh! tu pleures encore?

— Non, non, c'est juste une petite perle qui a dû perdre son chemin.

Elle lui sourit et se leva, alla se doucher et revint fraîche comme une rose sauvage cueillie juste à point.

— Comment te sens-tu maintenant?

— Je suis comme un hiver qui a retrouvé son printemps, belle, rajeunie, et... prête à recommencer.

— Oh là là!...

Les deux amants se serrèrent dans les bras en riant, puis Lise-Ann se mit à s'amuser dans la pilosité de l'estomac de Hugues en caressant de son visage cette fourrure presque blanche.

Elle alla chercher la brosse sur sa vanité et...

— Tu me manqueras, ajouta-t-elle en coiffant ses cheveux fins comme une soie.

Leur nuit accrocha un sourire ému aux lèvres du visiteur puis ensuite, en miroir, à celles de l'hôtesse. L'air de novembre les enveloppa d'un manteau de tendresse. Ils s'y plaisaient baignés d'un bonheur sans borne.

Le départ de Hugues provoqua chez Lise-Ann des jours amers et froids, vides et noirs. Elle ne voulut plus manger. Ses nuits étaient longues, interminables à cause de la sévère insomnie qui l'accablait presque invariablement chaque soir. Seul le souvenir de cette délicieuse nuit d'amour parvint à l'arracher de l'ombre. Hugues devint la lumière de ses nuits, son soleil de minuit. Le parfait amant qu'il était arrivait à point dans l'intimité de Lise-Ann. Elle ne sut y résister croyant encore à la grande amitié des petites occasions qui fait parfois le grand bonheur des jours inoubliables. L'attention qu'il lui portait était devenue comme une dentelle sur un beau tissu, comme un diamant à un doigt de fiancée : elle l'enjolivait. Lise-Ann était au meilleur de sa beauté au coeur de l'amour. Elle s'épanouissait comme une jeune fleur au milieu d'un minuscule jardin.

En convalescence depuis trois mois, Pierre se remettait petit à petit d'une dépression suite à son divorce. Il voulait absolument avoir Magali avec lui. Pendant deux semaines, l'enfant promena son sourire et ses peurs de la maison de Pierre à celle de sa mère. Par vengeance, Pierre abusait de sa fille.

Lise-Ann n'en savait rien. Elle remarqua seulement une Magali nerveuse et différente lorsqu'arrivait le temps de manger. De son côté, sans s'en rendre compte, Lise-Ann prit de plus en plus de somnifères qui lui procurèrent un sommeil toujours irréel. En dormant, elle se créa un monde bien à elle que personne ne pouvait venir déranger. Elle cachait ses personnages sous ses paupières closes et s'inventait des événements par centaines. De cette façon, elle diminuait peu à peu ses tourments. Essayait-elle ainsi d'étouffer ses intuitions au sujet de Magali?...

Quoiqu'il en soit, Lise-Ann se réfugia aussi dans ses souvenirs. Des souvenirs qui s'inventèrent une réalité lorsqu'elle devenait consciente à l'aube. Ses rêves lui laissèrent le goût de Hugues. Elle sut réagir.

Elle commença par s'interroger sur toute cette médication. Ces pilules étaient devenues pour elle des béquilles sans lesquelles elle ne savait plus marcher. Elle comprit rapidement qu'elle ne pouvait plus fonctionner sans elles. Elle avait peur de tout sans pouvoir préciser les motifs de ces sorcelleries que soulevait chaque comprimé. Puis tout son être tremblait à chaque lever du jour.

Un matin, elle se réveilla à cinq heures cinq. À la place des chiffres, elle lut sur son radio-réveil trois lettres : S.O.S. Oui, un S.O.S, ce fut bien ce que cria son coeur à l'intérieur de son appartement. Elle perdit la notion du temps. La course des heures pour elle était devenue inutile, banale et sans importance. Cette jeune femme à la volonté de fer venait de laisser le chant, les enfants et la guitare depuis plusieurs jours et sombrait dans un profond cauchemar. Après le lever du soleil, elle se rendormit.

À neuf heures, elle finit par se lever et but un café fumant. Elle ne ressentit aucune faim. Pourtant, elle n'avait rien avalé depuis six jours. C'en fut trop. Elle lança donc un appel de détresse à Christelle.

— Je t'en prie, Christelle, je t'en supplie, viens me voir. Arrive vite, j'ai un grand besoin de toi.

Christelle avait toujours la clé de l'appartement de sa nièce. Elle entra et trouva Lise-Ann allongée et pleurant sur son lit.

— Que se passe-t-il, ma chère enfant?

Lise-Ann lui tendit la bouteille de médicaments.

— Je ne prends que cela. C'est la seule chose que je parviens à prendre depuis six jours.

— On ne vit pas de comprimés.

— J'ai terriblement mal.

— Où as-tu mal, Lise-Ann?

— Ce n'est pas physique, Christelle. Je souffre de grande solitude. Je vais vers ma perte, parvint-elle à dire en pleurant encore énormément.

— Tu as sûrement un motif sérieux pour te

comporter ainsi. Lève-toi.

Christelle enleva la couverture et découvrit les vêtements teinte marine de Lise-Ann.

— Tu es vêtue de couleur trop foncée, tu vas changer ce chandail pour du soleil et de la lumière.

Lise-Ann se rendit au désir de sa tante et la rejoignit dans le salon habillée d'un chandail jaune et d'un pantalon gris perle.

— Que dis-tu de ceci?

— Parle-moi de ça, une belle fille habillée comme sa jeunesse.

— Maintenant je vais nous préparer une bonne tisane, tu en veux, hein?

— Oui, bien sûr, mais je peux la faire moi-même.

— Nous la ferons ensemble dans ce cas.

— Merci, tu es épatante. Tu es ma meilleure amie, je crois.

— Je l'espère bien, répondit Christelle en s'assoyant souriante et prête à l'écoute.

Christelle et Lise-Ann burent sans dire un mot, puis la visiteuse enchaîna :

— Je suis le pompier de service. J'espère bien éteindre ce feu une fois pour toutes, dit-elle en souriant. Tu n'es certainement pas dans cet état pour rien. C'est

Hugues? Il t'a blessée? J'essaierai de lui parler un peu, comme ça, mine de rien.

— Non. Laisse-moi te dire. Il est parti à Naples. Mavick, son fils doit se marier le surlendemain de Noël. Il lui avait promis d'y être. Il y a une dizaine de jours, Hugues est venu m'aviser de son départ. Il est merveilleux, Christelle, le plus gentil, le plus romantique, le plus sensible, le plus...

— Le plus... le plus... Si ce n'est pas lui le problème, dis-moi d'abord ce qui arrive de ton travail.

— J'ai cessé toute activité pour deux semaines, je devais me reposer. Mon médecin m'a d'ailleurs prescrit ce médicament.

— Il n'est pas bon de prendre cela, tu le sais bien. Ça ne fait que masquer ton problème. Tu devrais plutôt sortir, te distraire. Pourquoi ne te remets-tu pas à la peinture, toi qui aimes tant cela?

— Je n'ai pas le goût d'aller ici ou là, ni de peindre pour l'instant. Je n'ai le goût de rien, répéta-t-elle, désintéressée.

Christelle s'assit tout près de Lise-Ann, prit sa main droite et referma les deux siennes comme pour empêcher que l'action ne se répète.

— Écoute-moi, chère petite, je vais te dire ce que ces pilules peuvent avoir de nocif pour toi. C'est pour soulager les symptômes reliés à l'anxiété que l'on administre ces comprimés.

— Je suis anxieuse, Christelle. Je souffre dans ma tête. Je suis tendue, irritable, inquiète outre mesure.

J'ai de la difficulté à me concentrer sur quoi que ce soit. Je tremble. Je suis essoufflée au moindre effort. Mon coeur bat plus fort que d'habitude. J'ai aussi des nausées de plus en plus fréquentes. Et Pierre qui me harcèle sans cesse.

— Ça en fait des bouleversements, ma petite.

— Magali a eu la maladresse de dire à Pierre qu'un « monsieur » venait ici, tu vois?... Il me continue ses crises de jalousie ici ou au téléphone.

— Il n'est pas ici? j'espère.

Christelle vint pour s'emporter mais Lise-Ann la retint :

— On dirait qu'il n'est pas au courant de son propre divorce...

— Bon ben, envoie-le chez le diable, lui et sa jalousie!

— Magali pleure, crie, fait des rêves fous. Elle dit qu'elle voit son père dans son oreiller. Elle dit qu'elle a mal en montrant vaguement ses parties génitales.

— Mais Lise-Ann!... il faut chercher plus loin. S'il fallait que Pierre!...

Lise-Ann ouvrit de grands yeux. Bouche bée de colère et de surprise, elle n'arrivait pas à articuler un seul mot devant la prise de conscience qui s'opérait en elle. Puis...

— Si... si... je le tuerai! Je le tuerai!...

— Attention quand même! Informe-toi, il faut tout connaître. Questionne adroitement ta fille.

Les deux femmes s'encouragèrent et se calmèrent mutuellement tout en imaginant un plan d'attaque. Lise-Ann s'engagea facilement à rencontrer un psychologue du CLSC, un médecin et la police si nécessaire. Ensuite, Priscille souhaita que le médecin qui avait prescrit les calmants soit signalé.

— Avec ton glaucome, même à ses débuts, Lise-Ann, tu ne peux consommer cette drogue. Puis enfin pour terminer, tes cigarettes et ton abus de café ou de thé devraient diminuer.

— Tu me rappelles mon inefficacité et mon insouciance. Je suis navrée, Christelle. Mais je vais tout faire pour m'en sortir. Je suivrai tes conseils. Là, je suis bien décidée.

Lise-Ann se leva quand le téléphone sonna. C'était Pierre qui lui donnait des nouvelles de Magali. Il disait avoir amené l'enfant pour la première fois sur une pente de ski et qu'elle en raffolait. Lise-Ann accueillit très froidement les informations et s'empressa de raccrocher. Elle promit à Christelle d'amener l'enfant au CLSC dès son retour.

Puis ce fut le moment de discuter de Hugues.

— Quand est-ce qu'il doit revenir?

— Vers le milieu de janvier.

— Alors parle-moi de ce mal d'amour qui fait de toi une bonne victime. Sache bien, ma chère enfant que tu es libre d'arrêter ou de continuer ton autothérapie commencée aujourd'hui. Moi, je te demande d'appliquer immédiatement les freins à ta dépression. Pour t'aider, il faudrait trouver ton véritable problème.

— Je me sens terriblement seule, Hugues parti. Et Magali qui pleure souvent, elle est de plus en plus nerveuse. Il lui arrive de sursauter lorsque le téléphone sonne, elle crie en se précipitant sur l'appareil, persuadée que c'est son père et qu'il veut lui parler.

— Regrettes-tu cette décision que tu as prise de divorcer?

— Pas du tout. Ce point-là est très clair dans mon esprit.

— Et Hugues dans tout cela?

— Quant à lui, je l'aime comme on aime un très grand ami. Pierre l'a souvent surpris à me dire VOUS et il lui semblait que c'était absurde et superflu. Mais Pierre s'apercevait clairement que je n'étais pas indifférente à Hugues. Il m'a souvent fait des colères effroyables à ce sujet.

— Est-ce que Hugues se contente de cet amour?

— Honnêtement, je ne crois pas.

— Lui as-tu dévoilé tes véritables sentiments?

— Non, pas encore.

— Qu'attends-tu?

— Son retour.

— Sois prudente, ma chère Lise-Ann.

— Tu sais, lorsque je me regarde, je n'aime pas ce que je vois. Et pourtant, il y en a tellement qui me font la cour...

— As-tu l'intention de jouer longtemps à la chaise musicale avec tes « amants »? demanda Christelle, un peu moqueuse.

— Ma tante, j'ai défendu âprement mes amours, toutes mes amours mais sans grand résultat. Je crois parfois être vouée à un échec total : celui de la vie, celui de MA VIE. J'ai tellement mal à ma vie! Au fil des jours mes goûts ont changé, les circonstances aussi.

— C'est bien certain.

— Mes futurs besoins, je les créerai encore plus grands, davantage importants.

— J'aime t'entendre parler ainsi, là je te reconnais, Lise-Ann.

— Je te remercie, tante Christelle de ton aide si précieuse. J'étais en train de faire une belle bêtise!

— Teu, teu, teu...

Christelle la quitta, assurée que les meilleurs jours restaient à venir.

Lise-Ann se leva et prit le temps de choisir un disque qui n'offrit que des chansons douces. Plus tard, elle répéta quelques accords d'un air mélancolique sur sa guitare. Elle revoyait dans ses souvenirs un homme au loin, très loin du côté de l'Italie.

Hugues était installé depuis trois jours à Rome. Il profita de ce court séjour pour visiter le Musée du Vatican, la Chapelle Sixtine où il admira les oeuvres splendides de Michel-Ange et de Raphaël. Le lendemain, dans des grands centres commerciaux, il assouvit son goût de magasiner par de généreuses emplettes dont l'achat d'un très beau souvenir pour la femme qu'il aimait par-dessus tout. En quel état la retrouverait-il?...

Un bon matin, il partit vers Naples par autocar le long de l'autoroute du Soleil. Il continua ensuite en bateau jusqu'à Capri. Il y visita la Grotte Bleue et s'émerveilla en face des Jardins d'Auguste devant la vue splendide qu'offraient les rochers de Faraglionne. Il pensait toujours à son fils qu'il rencontrerait bientôt se demandant comment il serait reçu.

Mavick l'accueillit avec une joie débordante. Les bras s'ouvrirent si grands!... Les exclamations se multiplièrent à défaut de mots. L'émotion empêchait Hugues de respirer normalement. Puis par ce bel après-midi tout plein de soleil, les deux hommes se rendirent à Pise. Ils visitèrent la Place des Miracles, la Cathédrale, la Tour Penchée. Malgré toutes ces beautés, leurs conversations revenaient toujours sur eux-mêmes, leur passé, leurs émotions. Ils se laissèrent tenter par une Tour de Pise composée de crème glacée et de mélasse.

— Je remercie le ciel aujourd'hui après les vingt années de silence de ta mère.

— C'est un miracle, papa! Un miracle!

Revenu à Naples, Mavick ne put s'empêcher d'amener son père visiter la Via Caracciolo. La sortie comprenait aussi la Promenade du Château d'Ovo, le Théâtre de l'Opéra San Carlo et finalement le Palais

Royal. Hugues profita pleinement de tous ces instants avec son fils qu'il apprenait à connaître.

Le soir, Hugues se retrouva seul à l'Hôtel Président. Très seul. Il eut tout le temps et le loisir de penser à Lise-Ann, ses intentions n'ayant qu'un océan à traverser. Ses rêves le berçaient en chantant dans sa tête. Mavick et son père se retrouvèrent la veille de la cérémonie.

Le matin du vingt-sept décembre salua de sa révérence un soleil radieux, éclatant. Durant la nuit, la neige tomba accumulant cinq centimètres au sol. La robe immaculée d'Eloïse se confondait dans la blancheur déjà étalée. Des pas sur la neige se rendaient à la chapelle. Malgré la circonstance extraordinaire, Mavick ne put s'empêcher de confier à son père que, deux semaines plus tôt, il s'était querellé avec Eloïse. Après quelques mots d'encouragement, Hugues murmura à son fils :

— « C'est en risquant ta vie à vingt ans que tu risques de la réussir. »

— Je m'en souviendrai toujours.

On trouva Claudia assise à côté de Hugues dans sa beauté coutumière, ni dépassée, ni excessive. Souvent, ils s'échangeaient des regards. Elle les lui adressait avec une tendresse désarmante. Elle remarquait à certains moments que Hugues manquait de présence tout en demeurant lui-même, gentil et courtois.

Les chants que les deux fiancés avaient choisis semèrent beaucoup d'émotion chez les invités. Des fleurs, des fleurs, il y en avait partout. Le soleil jouait de ses couleurs d'arc-en-ciel dans les vitraux. Le curé

Rossa officiait.

— Éloïse Luciano, acceptez-vous de prendre pour époux Mavick Malcoulini (il portait le nom de sa mère) ici présent, et de l'aimer et de le chérir dans les joies comme dans les peines, jusqu'à ce que la mort vous sépare, selon le rite de notre Mère la Sainte Église?

Elle se figea, fixa le prêtre, regarda froidement Mavick qui commençait à s'interroger et à rougir. Eloïse, après un insoutenable silence finit par trancher par un NON irrévocable. Se retournant sèchement, elle quitta l'église comme une flèche. Consternés, les invités se regardèrent plongés dans un profond étonnement. Presque paralysés par cette réponse, plusieurs se tournaient sans voir quoi que ce soit, sans parler pendant que des femmes assises dans les premiers bancs sortaient leurs mouchoirs.

Mavick croyait à un mauvais rêve et subit le choc. Il aurait tellement voulu se trouver ailleurs! L'ensemble des invités devint pour lui un mélange confus et humiliant. Son père essaya de le calmer, consoler, raisonner. Ces invités dont il était si fier s'en retournèrent attristés et l'oeil interrogateur. Le vin resta dans les bouteilles, le parfum des autres fleurs se répandit dans une salle vide...

Mavick blessé et humilié revint à la maison et pleura de tout son être sur l'épaule de Claudia.

— Maman, j'avais tout misé sur elle.

— C'est mieux qu'Éloïse ait refusé dès aujourd'hui, tu ne penses pas?... Elle te montre qui elle est véritablement.

Son père ajouta :

— Vaut mieux être humilié tout de suite que cocu plus tard.

— Je voudrais bien connaître sa raison! Pourquoi elle ne l'a pas dit avant?

— Laisse le temps passer, conseilla le père. Essaie de vivre un jour à la fois et tu verras... tout va s'éclaircir.

Par magie, ce soir-là, la neige reprit, abondante, et se fit complice du destin en effaçant les pas d'Éloïse. Très tard, Mavick sortit pendant des heures pour marcher, s'interroger, repenser sa vie, mais revint sans réponse.

Hugues décida de demeurer encore avec son fils, prêt à l'aider dans sa boutique...

— ... jusqu'aux jours plus rieurs du printemps s'il le faut!...

Un câble fut envoyé à Lise-Ann. Elle le reçut affligée comme si la mort venait de passer. Puis elle pensa que chaque saison a ses fleurs et qu'ainsi Hugues lui préparait peut-être en secret un magnifique bouquet.

Mavick apprit plus tard, avec stupéfaction, que trois semaines après son NON, Éloïse épousait un jeune diplomate de trente-cinq ans qui avait déjà un fils. Elle était devenue sa maîtresse lors d'un voyage qu'elle avait fait en France trois mois auparavant. Mavick apprit aussi qu'elle n'aurait jamais pu lui donner d'enfant et il finit par se consoler.

Lise-Ann, de son côté, réapprit à aimer les choses abandonnées : le travail, la peinture... Ce visage. Toujours ce visage. Mâle. Superbe. La guitare cessa ses sanglots et recommença à sourire sous les doigts habiles de la musicienne. Lise-Ann pensait à Hugues de plus en plus souvent et son existence devint davantage poétique que deux fois le mois d'avril. Quand elle priait, revenait sans cesse l'idée de force, courage et en même temps d'abandon. Elle se répétait souvent : Je suis dans une forme splendide ce matin. J'ai le goût d'une journée délicieuse. J'ai le goût de la vie. De MA vie!

Priscille et Gary redevinrent ce qu'ils avaient toujours été pour elle : des amis extraordinaires. Elle voulut les revoir plus souvent. Leur voyage n'aura été qu'un agréable trait d'union dans leur belle amitié avec Lise-Ann. Restait un seul vrai problème : Pierre et Magali.

À contrecoeur, Lise-Ann laissa Pierre partir quelques fois avec Magali quand elle ne pouvait vraiment plus trouver d'excuse pour son refus. Mais quand arriva la position claire du psychologue et du médecin avec l'ordre du Directeur de la Protection de la Jeunesse, Lise-Ann lui refusa même des visites chez elle. Pierre fit une crise épouvantable et menaça de passer par la cour.

— Vas-y, dit Lise-Ann sûre de son coup. Tu n'aimeras pas le rapport public du psychologue et du médecin.

Pierre cria, menaça encore et donna de violents coups de poing et de pied sur les meubles, murs et comptoir. Lise-Ann tremblait de tous ses membres. Mais il finit par partir et ne donna plus signe de vie.

CHAPITRE 11

La neige avait depuis quelques semaines cessé de tomber. Les tulipes lancèrent un concours pour la première venue. Des oiseaux préparaient leurs nids. C'est ainsi qu'un matin clair et gai, Lise-Ann prit plaisir à observer un couple d'oiseaux... des jeunes mariés, peut-être. Lui, déployant largement ses plumes brillantes aussi somptueusement paré qu'un prince des Mille et Une Nuits, se pavanait joyeusement devant l'oiselle. Plus tard, la jeune femme entendit dans le jardin des bruissements d'ailes, des piaillements célébrant les premiers rayons du soleil. Malgré un peu de somnolence encore, elle fut belle la fête de la Nature.

Plus loin, des hirondelles élirent domicile. Un bref coup vers le ciel. Direction assurée. Leurs « maisons » placées les unes à côté des autres ressemblaient à des bungalows alignés le long d'une rue. Les hirondeaux seront beaux et nombreux!... promettait le printemps.

Les magnifiques bourgeons furent aussi des nids de vie pendant que les fleurs n'étaient encore que des promesses. Quelle pittoresque protection que ces écailles vernissées, que cette bourre de laine sous lesquelles se forment les fleurs promises! Plus tard, pensa-t-elle, elle expliquera toutes ces merveilles à une Magali avide d'en connaître encore davantage.

Curieusement, cet avant-midi-là, alors que le soleil était si magnifique au matin, un lourd brouillard emprisonna les choses, les gens et même le chat de la fillette parti vers une destination inconnue. Magali supportait mal l'absence de son félin. Mise en scène banale transformée en un spectacle féerique par la fantasmagorie du givre. Double jeu de la température : c'était encore l'hiver avec son froid passager et en même temps, le printemps avec sa tiédeur. Lise-Ann implora le ciel pour que renaisse mai avec son rayonnement et ses chants d'oiseaux si gais, si colorés aux teintes de mélodies heureuses. Elle aimait se retrouver dans la nature, près de la végétation comme un édredon sur un corps allongé durant une nuit fraîche. Un petit étourneau vif, familier, bavard arrêta pour un moment l'attention de la dame. Son chant résonnait comme le son qu'un mauvais musicien tirerait d'un instrument désaccordé. Elle rit en entendant ces quelques notes qui n'avaient rien des mélodies du rossignol.

Matin de givre, de dentelle froide. Matin blanc. Quelques heures encore et le soleil aura tout mangé, tout avalé. La sonnerie du téléphone sortit Lise-Ann de ses observations, de ses rêveries et de sa folle aventure. Elle pensa à Hugues...

— Oui, allô! fit-elle, ravie.

— Lise-Ann?

— Oui, c'est moi.

— C'est Chr... Christelle.

— Qu'y a-t-il, tante Christelle, tu n'es pas bien?

— Non. Peux-tu venir le pl... plus...vite pos...possible.

— J'arrive tout de suite.

Le souffle court, elle replaça le combiné et s'affola comme une chatte qui a perdu son chemin. Elle jeta un coup d'oeil sur sa montre : dix heures. Magali? Madame Duteuil. Elle ne prit pas le temps de retoucher son maquillage et partit, inquiète.

Le trajet, même court, lui sembla long, sans fin. Malade? Docteur? Morte?... Non! Lise-Ann essaya en vain de changer les idées noires qui lui trottaient dans la tête comme des souris dans un grenier. Un air à la radio. L'instant d'après, les mêmes idées encore plus noires renaissaient, embrouillant tout. Elle se mit à revivre des souvenirs. Ils défilèrent dans sa mémoire comme des petits soldats de plomb qu'un enfant s'amuse à ranger un à côté de l'autre et parfois à placer les uns par-dessus les autres.

Comme Christelle, elle avait aussi la clé de la maison. Elle se dirigea à son tour tout droit dans la chambre de sa tante. Elle trouva une femme brisée par la souffrance, le teint plus blafard qu'une lune dans un firmament trop nuageux. Ce n'était plus la même personne, si belle, si forte, si vivante avant aujourd'hui.

Elle était allongée. Des serviettes humides qui avaient sûrement servi à éponger son front complètement découvert traînaient ici et là sur le lit défait. Pour se soulager de ses terribles maux de tête, Christelle appliquait régulièrement des compresses d'eau froide mentholées. Son front était blanc, très blanc.

— Oh! ma petite fille, tu es là enfin!

Lise-Ann s'approcha lentement de sa tante si chère. Elle replaça les couvertures et prit entre ses mains la nuque de Christelle qu'elle déposa sur une partie fraîche de l'oreiller remis à sa place.

— J'ai un mal atroce. Il a commencé hier soir et il s'est aggravé d'heure en heure. Je trouve difficilement mes mots et trouve encore plus difficile de les prononcer, parvint-elle à dire avec mille et une difficultés.

— Migraine?

— Je le crois bien, mais celle-là est épouvantable.

— Tu devrais passer un autre électro-encéphalogramme

— J'en ai passé tellement souvent!...

Christelle porta à nouveau ses deux mains sur son front et prit sa tête comme dans un étau. Lise-Ann resta figée en se rappelant Pierre qui lui écrasait parfois la tête entre ses mains.

— Veux-tu que j'appelle le médecin? Une ambulance?

— Non, surtout pas!

Elle se tourna quelque peu pour éviter la lumière trop crue et ajouta d'une voix tremblotante :

— J'ai fait mon testament. J'ai pensé à tout. Tout est notarié. Je veux mourir en paix.

— Ne dis pas cela, chère tante. Il faut vivre : si tu savais combien j'ai besoin de toi!

Elle tenait les mains moites entre les siennes, froides.

— Tu as trop travaillé. Il t'aurait fallu davantage de repos.

— Je suis contente d'avoir aidé ceux que j'aime et qui m'ont aimée.

Ses yeux se rapetissaient, se fermaient puis s'ouvraient encore un peu comme pour capter jusqu'à la fin le regard affectueux de sa nièce.

— As-tu besoin de quelque chose?

— Je veux de la pénombre. Ferme le rideau. Baisse la toile et ferme la porte de la chambre. Je veux être seule un moment. Oh! Lise-Ann, si le téléphone sonne, ne réponds pas... laisse-le sonner.

Se pliant aux désirs de sa tante, Lise-Ann se retira dans la cuisine, attentive au moindre son, au moindre souhait. Elle ne put s'empêcher de penser à la maladie de Christelle. Depuis cinq ans environ, ses migraines avaient commencé. Au premier diagnostic, les médecins décelèrent une tumeur bénigne et crurent que tout se replacerait avec une médication adéquate. Il n'en fut rien. Le mal grandit, la tête se gonfla jusqu'à la torture.

Depuis le temps que ce malaise l'affligeait, Lise-Ann en connaissait les plus petits détails. Portée aux vomissements, Christelle s'inquiétait lorsqu'elle devait sortir. Elle fut forcée de prendre des médicaments qu'elle n'aimait pas. Pendant l'été, elle marchait souvent dans l'herbe humide. Elle disait que ça la soulageait. Elle faisait parfois des cures de jus de cerises.

Depuis quelques mois, elle avait abandonné sa grosse consommation de café. Et dès qu'elle recevait en

149

cadeau une boîte de chocolats, elle les distribuait à l'instant. En s'en privant, elle évitait que reviennent ses douleurs. Dès le début de la recherche qui dura six longs mois, elle dut noter tout ce qu'elle absorbait pour démasquer d'éventuelles substances allergènes dans son alimentation.

Le téléphone sonna six coups et Lise-Ann résista à la tentation de répondre.

— Lise-Ann! viens vite.

Lise-Ann se précipita immédiatement au chevet de sa tante. Christelle semblait agoniser. Elle essaya de parler mais en fut presque incapable. Avec sa mémoire infidèle, que de chahut dans ses phrases! Le tumulte dans ses pensées ressemblait aux vagues d'océan un soir d'orage.

— Quelle heure est-il? finit-elle par demander.

— Une heure.

— La nuit va être longue...

— Ma tante, c'est le jour, il est treize heures.

C'est l'après-midi, fit Lise-Ann pour replacer un peu la mémoire défaillante.

Christelle se retourna sur le côté dans l'obscurité de sa chambre et s'endormit à nouveau. Une heure plus tard, Lise-Ann étouffa un cri en retrouvant sa tante morte. Christelle dormait du sommeil qui ne reverra jamais la lumière. Embolie. C'était le 10 avril 1982.

Christelle faisait de sa nièce son héritière

universelle. Elle ne léguait pas une somme fabuleuse, cependant Lise-Ann eut la certitude d'être la seule personne que Christelle avait vraiment aimée.

Ce qui donna à Lise-Ann l'impression de se retrouver encore plus seule.

CHAPITRE 12

Mai alluma ses feux de lumière et d'espoir. Lise-Ann repensa à Hugues qui se trouvait encore au loin, perdu quelque part près de la mer Méditerranée. Heureux? Malheureux? Pour elle, se trouvait là un homme au coeur d'or.

Assise sur le petit balcon, Lise-Ann grilla une autre cigarette en regardant Magali jouer à la marelle avec deux petites amies des alentours. Moustache revenu était couché sur l'asphalte et se roulait de bonheur sur cette surface réchauffée par le soleil printanier. Lise-Ann alla remplir l'arrosoir jaune et revint pour abreuver les géraniums rouges dans une boîte à fleurs suspendue à la rampe de fer forgé peinte en blanc. Puis, elle revit tous les souvenirs qui prenaient plaisir à surgir dans sa mémoire. Elle sursauta.

— Vous avez de magnifiques fleurs, madame, commenta un vieux monsieur.

Sa barbe était toute blanche ainsi que ses cheveux sous sa casquette de coton beige. Il portait un monocle à l'oeil gauche et se déplaçait à l'aide d'une canne usée.

— Mes fleurs sont des sourires pour mes voisins et mes amis, répondit-elle fièrement.

De sa main libre, il souleva son chapeau en un grand salut et continua son chemin

Lise-Ann éprouva un bonheur qui multiplia par vingt les sourires de ses fleurs. Elle descendit porter aux trois fillettes un cornet de crème glacée au chocolat. En passant, elle remarqua un pneu dégonflé de sa voiture. Elle s'affairait à réparer la crevaison quand un homme passant par là, s'approcha et se pencha un peu trop près de la figure de Lise-Ann.

— Non madame, prenez ceci, en lui montrant le levier.

En apercevant le visage de Lise-Ann, il se précipita à l'intérieur de l'immeuble ayant reconnu parfaitement celle qu'il viola un certain soir du début d'avril. Sur le coup, Lise-Ann ne le reconnut pas mais au moment où elle revit la scène... l'homme était déjà ressorti par la porte arrière.

— C'est lui! cria-t-elle!

Trop tard, se dit-elle dépitée. Elle rentra et hurla sa colère. Les fenêtres ouvertes crièrent sa haine à tous les environs.

— Va t'en! Va t'en! J'ai eu si mal! Ôte-toi de mon chemin! Sors de ma vie! Je veux la paix une fois pour toutes.

Elle repensa à sa menace de la revoir un jour. Elle trembla. Pleura. Elle se lava la figure à l'eau très froide et sortit pour son pneu. Trop nerveuse, elle appela un garagiste qui finit le travail. Lise-Ann eut le courage de lui sourire en le payant et retourna à l'intérieur.

Elle s'acharna à penser à Hugues pour se rassurer, calmer. Elle s'obligea à sortir de la maison où elle se sentait davantage en sécurité. Dehors chantait l'avenir, se disait-elle pour s'encourager, brillait le soleil.

Dans les jours suivants, Lise-Ann sortit sur sa galerie aussi souvent qu'elle le put, laissant parfois traîner les deux ou trois assiettes sales du dernier repas. Elle préférait l'espace, l'air, même la forêt à certains moments. Pourtant, elle se sentait une citadine à part entière comme un merle noir. Elle se força à l'espoir qui colora ses pensées de façon fort attrayante.

Le printemps éclatait de partout. Priscille arriva avec un bouquet de muguet. C'était devenu une habitude, une légende pour Lise-Ann de recevoir ces petites fleurs-clochettes à chaque début du mois de mai. Elles sonnaient dans son coeur un bonheur renouvelé. Elles exhalaient un délicieux parfum et embaumaient d'un seul coup toute la cuisine.

Sur le balcon, cigarettes, cognac et croustilles firent tour à tour « les frais de calmants »... Lise-Ann était encore un peu nerveuse, anxieuse mais son amie n'en fit pas la remarque.

— Comment se porte ton petit Alex?

— Très bien. Il a maintenant cinq mois et demi. Il a commencé à explorer ses doigts et ses orteils. C'est amusant de le voir faire ses découvertes. Il passe de longs moments à examiner ses phalanges qui se plient et s'étirent. Je le regarde amoureusement pendant des heures.

Elle se fit douce et tendre et, comme se parlant à elle-même :

— Minuscules mains ouvertes que j'aurais envie

155

de remplir d'un bonheur incessant!

— C'est magnifique et amusant à la fois d'observer un bébé en pleine découverte.

Plus tard, Lise-Ann se libéra :

— Tu sais que tu m'as fait toute une frousse juste avant de partir pour l'Europe?

— Quoi donc?

— Lorsque tu m'as annoncé ta grossesse et que tu avais rencontré François quatre mois auparavant. Figure-toi donc, que pour un instant, j'ai cru qu'il pouvait être le père...

— Je l'ai vu une seule fois et tu sais, sur une table de restaurant...

Les deux femmes rirent tellement que Priscille s'étouffa avec une gorgée de bière. Et Priscille rendit la politesse à Lise-Ann en s'informant de sa fille qui commencera sa maternelle en septembre.

— Ah! ce qu'elle a hâte! Elle ne cesse de me poser des questions et de me rappeler de cocher la date à chaque jour sur le calendrier.

— Comme elle est rapidement devenue une demoiselle!

— Pierre en sait quelque chose.

— Eh! bien là, je ne comprends pas.

— Il n'a plus le droit de la revoir depuis qu'il lui

a fait vivre des choses, et tu le connais, il insiste encore. Toute femme est sa propriété.

Priscille remarqua la tension qui gagnait Lise-Ann de plus en plus et s'excusa. Lise-Ann enchaîna :

— Il ne m'est toujours pas facile de concilier la vérité et les réponses que je dois lui donner parfois.

— Pour toi, ça va toujours bien?

— Heureusement que Hugues, même de loin, remplit mes pensées. Même s'il semble vivre un vrai casse-tête, là-bas. Son fils Mavick, finalement, ne s'est pas marié et Hugues a préféré demeurer avec lui jusqu'au printemps. Il devrait arriver ce mois-ci, peut-être même cette semaine.

Appréhendes-tu ou espères-tu vraiment son retour?

Lise-Ann masqua ses sentiments et répondit sur un ton presque neutre :

— Je ne sais plus... parfois je voudrais qu'il soit là tout près de moi, et en d'autres moments, je me dis qu'il serait préférable qu'il demeure en Italie. Il ne m'a donné de ses nouvelles que très sporadiquement.

Priscille écouta les aventures de Mavick surtout la triste expérience vécue à l'église. Puis quelqu'un sonna à la porte. Lise-Ann n'attendait personne.

— C'est peut-être Gary qui vient te rejoindre, dit-elle en allant répondre.

— HUGUES! COMMENT, C'EST BIEN TOI?

— Oui, ma mignonne. C'est bien moi. Il l'embrassa très fort et longuement en la serrant contre son coeur comme s'il voulait que plus rien ne les sépare. Hugues tenant amoureusement Lise-Ann par le cou, et elle, lui serrant la taille, se rendirent à la cuisine. Après les salutations d'usage, Priscille prétendit devoir partir sans tarder. Elle ne put quand même s'empêcher de parler du pays merveilleux de Mavick, de son soleil et de ses fleurs. Hugues en profita pour annoncer que son fils était venu au Québec pour environ deux ans. Après, il verrait.

— A-t-il vendu son magasin? s'enquit Lise-Ann.

— Non, il l'a loué à un couple d'amis pour les deux années qu'il se donne ici. Et si Mavick décidait de rester ici, eh bien! ce couple est prêt à l'acheter.

— C'est fantastique. Comme tout s'arrange! s'émerveilla Lise-Ann.

Priscille, consciente que sa place était ailleurs, quitta aussitôt. Devenus seuls, Hugues et Lise-Ann partagèrent leurs confidences.

Avant sa visite chez Lise-Ann, Hugues avait rencontré Hélène. Ils ne tardèrent pas à comprendre que tout était fini entre eux. Que leur amour était mort lui aussi. Comme Marie-Soleil. Hélène avait recueilli secrètement toutes les photos de l'enfant excepté celle qui était sur le téléviseur. La veille, Hélène avait quitté Hugues par un soir brumeux comme si elle avait voulu voiler tous les gestes qu'elle poserait en dehors de lui.

Depuis des mois, sentant bien la fin de sa relation avec Hugues, elle s'était approchée de plus en plus d'un infirmier, Anthony Doré. De petite taille, il semblait un peu gras mais soigné et attentif. Dans l'ensemble, il dégageait un air sympathique. Il souriait sans cesse même aux gens qui l'abordaient ne fut-ce que pour un renseignement. Il travaillait au même hôpital qu'Hélène et depuis fort longtemps, ils s'étaient remarqués. Lorsqu'elle s'en aperçut, elle devint maladroite en sa présence et ses gestes manquèrent parfois de coordination. Mais après un certain temps, elle s'habitua à ses regards. Peu à peu, ils s'apprivoisèrent et sortirent en tête-à-tête. Finalement, ils décidèrent d'un commun accord de vivre ensemble chez lui. C'est ainsi que plein d'espoir, Hugues arriva chez Lise-Ann.

Le premier geste de Hugues devant sa Lise-Ann enfin retrouvée fut de plonger la main droite dans la poche de son veston pour en sortir une minuscule boîte qu'il lui remit. Rapidement, Lise-Ann enleva le papier, et plus rapidement encore découvrit un superbe bijou. Elle enleva toutes les autres bagues de ses doigts pour mettre en valeur ce magnifique « morceau d'éternité » serti d'un diamant de pesanteur quarante et un points sur or blanc.

— C'est la pierre de la réconciliation, lui chuchota Hugues avec beaucoup d'émotion dans la voix.

Elle regarda religieusement ce bijou, cette alliance et pensa à Pierre. Pensa à la bague qu'elle avait déjà jetée malgré son prix. Pensa....

— Je ne veux pas...

Puis elle enleva la pierre précieuse et la lui remit.

— Je ne peux vraiment pas... supplia-t-elle du regard.

— Mais voyons, Lise-Ann, je te l'offre avec tout mon amour. Je désire te fiancer, ce soir-même.

Leur bonheur devint très lourd, opaque, impénétrable. Hugues essaya à nouveau de lui tendre, mais dut se rendre à l'évidence... et devint l'homme le plus triste de la terre. Un voile noir s'abattit sur son visage en même temps que sur ses projets.

— Hugues, j'ai beaucoup pensé à nous deux. Je vais être très sincère, écoute-moi bien. Je ne peux pas accepter cette bague; ce ne serait pas honnête de ma part. Cependant, je veux que tu saches que je t'aime comme on aime un excellent ami mais pas comme un amant. J'apprécie beaucoup ta présence auprès de moi, restons-en là. Accepte cette situation, je te le demande.

Il ne sut que dire. Les mots n'avaient plus aucune valeur pour lui. Elle enchaîna :

— Tu es un adorable ami, tu sais. Je ne voudrais en rien ternir, assombrir l'éclat de ta générosité et la lumière que ton sourire répand sur moi. Tu es un homme unique en qui j'ai placé une extrême confiance. Ne gâchons pas cette belle amitié qui veut encore grandir.

Les bras de Hugues crochetèrent ceux de Lise-Ann et il parvint à la faire asseoir. Il ne parla pas, elle non plus. Enfin, elle se leva doucement pour mettre un disque de Nana Mouskouri et, s'approchant de lui, elle se pencha pour l'embrasser sur le front.

— Laisse, fit-il triste. Sa voix pleurait.

— À ta convenance.

Elle tenta quand même de trouver une petite

place à côté de lui.

— Lorsque les cordages se cassent, la barque s'en va, balbutia le malheureux.

Les yeux interrogateurs de Lise-Ann « écoutaient ». Elle ne lisait plus dans ces yeux-là le même amour qui l'avait si souvent réchauffée, mais seulement un grand malheur.

— Regarde-moi, dit-il en touchant son menton pour requérir toute son attention. Ne me ferme pas la porte, celle que je veux moi, te garder grande ouverte.

Il promena sa main tremblante dans les cheveux de sa compagne et ajouta à voix très basse, étouffée :

— Tes pensées me semblent focalisées ailleurs que sur nous deux. Explique-moi, parce là, que je ne comprends plus rien. Rien et j'ai très mal. Terriblement mal.

Il demeura là avec elle. Elle s'attarda finalement à des sujets sans importance. Lise-Ann ne put absolument pas expliquer quoi que ce soit. Faire le lien avec Pierre, Magali. Son mal de vivre, sa fragilité. Elle le questionna plutôt sur tout et rien jusqu'au moment où il dit :

— Ta maison est encore en vente, j'ai vu la pancarte devant.

— C'est vrai? Je passerai voir!

Ils bavardèrent très tard dans la nuit. Avant de la quitter, il lui promit son habituelle amitié et partit le coeur gros... mais grand.

Le lendemain matin, mine de rien, Lise-Ann se rendit à son ancienne maison pour y lire le nom du courtier. Elle prit secrètement rendez-vous durant l'après-midi. Le soir même, elle signait le contrat et reprenait sa propre maison. Elle redécouvrit le gros chêne derrière, patient qui l'attendait. Ses branches avaient grossi. Elle y revoyait de façon presque inconsciente ou du moins involontaire, les allées et venues de Hugues.

Le quinze juin ramena Lise-Ann dans sa rue, dans sa maison, dans son chez-soi. Magali retrouva avec une joie indescriptible ses petites amies laissées quelques mois auparavant. Elles avaient grandi comme les plantes vertes lorsque quelqu'un en prend bien soin.

Hugues redevenu le gentil voisin de jadis aida Lise-Ann à rentrer les grosses boîtes remplies de vaisselle, de bibelots, de chaudrons, de serviettes... Elle retrouvait cet homme comme il avait toujours été : affable et bon.

— Je suis si heureuse de revenir dans mon quartier, Hugues! L'an prochain, je ferai un jardin avec des tomates et des radis à profusion, en s'abandonnant dans les bras de celui qui l'accueillit à nouveau. Les fleurs feront pleuvoir leurs couleurs. Elles offriront au soleil leurs corolles teintées des nuances de l'arc-en-ciel.

— Oh, que tu parles bien! C'est une maison qui te ressemble. Elle est belle, grande et semble toujours sourire.

Et Mavick arriva. Il rejoignit son père et se tint droit comme un caporal. Hugues présenta son fils et Lise-Ann rougit. Elle lui serra la main et reconnut quelque chose d'inexplicable dans le regard du jeune homme.

— Bonjour Mavick. Vous êtes un jeune monsieur magnifique.

Ses yeux s'illuminèrent. Elle sentit un tourbillon de sang dans ses veines. Elle ajouta pour être gentille :

— Vous ressemblez beaucoup à votre père.

— Merci, c'est le plus beau compliment que je n'ai jamais reçu, répondit-il en faisant deux tours sur lui-même.

La réaction de Mavick soulagea Lise-Ann. Soudainement, elle fit le lien entre ce regard profond et le croquis si souvent esquissé mais qu'elle ne parvenait jamais à identifier. Elle dévisagea Mavick et se dit : « C'est bizarre... » Plus elle regardait ce nouveau visage, plus elle le reconnaissait sans même l'avoir jamais vu. Elle se dit qu'elle avait peut-être souvent imaginé le père de Mavick à l'âge de son fils, pour avoir réalisé une réplique aussi précise. Trouvant Lise-Ann un peu trop perdue dans ses pensées, les deux hommes la quittèrent. Avait-elle été reconquise par l'un et apprivoisée par l'autre?

Lorsqu'il était encore en Italie, Mavick s'asseyait souvent sur la grève, observant les rides d'une mer calme. Il réfléchissait. La fin tragique de son amour passionné l'avait convaincu de partir avec Hugues. Il avait perdu Éloïse mais ne renonçait pas pour autant à un nouvel amour.

Il chemina inconscient, ne sachant pas trop vers quel horizon le conduirait son étoile.

Inscrit au Cégep, il voulut suivre des cours et travailler sur les ordinateurs. Ses études commencées vers la fin du mois d'août, il eut assez de temps pour se trouver un appartement sur la rue Brabant non loin du collège. Rien de luxueux, mais décent. Beaucoup de soleil entrait par les fenêtres nues. L'informatique devint vite sa passion.

Souvent, de très bon matin, les dimanches qui suivirent, il allait à la pêche à la truite et au doré avec son père. Ils se rendaient au lac Des Trois Étoiles où le poisson abondait. Des régals! Puis, festoyaient tous les deux. Truites bien assaisonnées, rien de mieux pour faire oublier les contraintes apportées par la vie dans son baluchon mystérieux.

Lise-Ann chercha dans ses papiers un document de sa compagnie d'assurances pour préparer son rendez-vous le lendemain avec l'agent. Elle devait renouveler celles de sa maison. En ouvrant les enveloppes une à une, elle tomba sur une photo de Christelle. Dieu! qu'elle lui manquait! Elle continuait à lui parler quand même parce qu'elle savait que l'esprit ne meurt pas...

L'été fila comme un rêve. Éphémère. Les petites joies furent souvent le pastel des grands émois. Puis arriva l'automne. Le véritable automne. Le détestable automne. Les gouttes de pluie froide pianotèrent sur les carreaux des fenêtres. Ce jour-là, après le dîner, Magali alla rejoindre sa mère affairée à préparer des desserts pour la congélation.

— Maman, je veux t'aider.

— Oh! Magali, s'écria Lise-Ann, ennuyée.

L'enfant se promenait les mains très propres les

tenant à la hauteur des coudes comme un chirurgien juste avant l'opération. Malgré elle parce qu'elle redoutait un très prochain dégât, Lise-Ann acquiesça. Elle lui présenta un mélange à *muffins* et retint le bras droit de sa petite.

— Brasse bien ce mélange avec cette main-là.

— C'est difficile à brasser, mais je suis capable parce que je suis grande.

Le moment venu, Lise-Ann prit la pâte pour la verser dans des petits moules de papier aux couleurs douces et pâles.

— Oh! maman, allume la petite lumière du four parce que je veux voir la pâte grandir avec mes yeux.

Magali surveilla comme une contremaîtresse l'effort déployé par la pâte à vouloir devenir gâteau.

— Ils sont si beaux, mes gâteaux! Sors-les, maman, parce qu'ils gonflent si vite que j'ai peur qu'ils éclatent.

Lise-Ann se mit à rire et sortit les moules remplis de pâtisseries odorantes. Magali respira cet arôme qui lui donna envie d'en manger un... en entier.

— J'en veux un, ma petite maman d'amour, fit l'enfant en battant des mains comme un oiseau le fait lorsque sa mère lui met directement dans le bec sa bouillie d'insectes.

— Tantôt. Ils sont trop chauds. Je t'en donnerai un avec un verre de lait si tu es bien patiente jusqu'à ce qu'ils aient refroidi.

— Comme tu es gentille, toi! Des fois, je demande un biscuit à madame Duteuil et elle ne veut pas m'en donner, pas même un p'tit, p'tit morceau.

— C'est sûrement quand l'heure du repas approche.

— Des fois, elle fait des gros : « OH NON! »

Lise-Ann offrit un sourire qui se figea quand le téléphone sonna. C'était Pierre.

— Que veux-tu, dit-elle hargneusement.

— Je vais chercher Magali.

— Je regrette, mais je dois sortir avec elle. J'ai encore des petites choses à lui acheter.

— Je serai chez toi dans vingt minutes.

— Tu n'as pas le droit de la voir compte tenu des recommandations du médecin et de la Cour... si tu sais ce que je veux dire...

— Bof! Oublie ça. Je veux la voir et ce sera dans vingt minutes! Ne me barre pas le chemin sinon tu le regretteras.

Lise-Ann ressentit un mauvais présage. Elle se hâta de préparer Magali et fila en taxi jusqu'au centre-ville.

Pierre arriva. Sonna. Sonna à nouveau. En maugréant, il se résolut à attendre dans l'auto.

Après le magasinage, Lise-Ann se rendit chez

Priscille et insista pour souper chez elle. Elle repartit tard dans la soirée. Pierre attendait toujours dans son auto. Il avait pris plusieurs bières et n'avait plus sa raison. Il somnolait...

Soupçonnant la malhonnêteté de Pierre, Lise-Ann demanda au chauffeur de les déposer sur la rue voisine en arrière. Elles rentrèrent en cachette. Lise-Ann coucha Magali qui dormait déjà.

Pierre devina et sonna à la porte. Puis frappa si fort que Lise-Ann fut prise de panique. Il cria :

— Tu ne perds rien pour ME faire attendre!...

Lise-Ann appela la police et Pierre passa la nuit au poste. Le lendemain, un inconnu venait seul chercher l'auto de Pierre.

CHAPITRE 13

Septembre avait ouvert les portes de l'école depuis trois jours. Magali se prépara nerveusement très tôt parce que c'était le premier vrai matin. Les journées précédentes en furent de préparation fébrile. Lise-Ann essaya de rassurer sa fille, mais éprouva de grandes difficultés à cacher ses émotions. Elle fit une belle natte dans les cheveux de l'écolière, posa par la suite une petite cloche de muguet en soie de chaque côté de la tête. L'enfant portait un ensemble chandail et pantalon marine et rose et un sac à collation en bandoulière sur lequel était inscrit : JE VAIS À LA MATERNELLE. Avec sa mère, elle se dirigea vers l'école des Mille Fleurs où son professeur Louise l'accueillit avec un sourire rempli de tendresse et d'affection.

Les yeux de Lise-Ann balayèrent cette classe au nom amusant LES OURSONS. Déchirée mais fière, elle se replia sur elle-même comme un génie dans une bouteille en souhaitant que les jours suivants soigneraient sa blessure. Elle avait soudain l'impression de jeter son enfant dans les bras d'une vie exigeante, gourmande et insatiable. Un gouffre. Lorsqu'elle sortit de l'école, elle fit semblant de retoucher son maquillage défraîchi afin d'effacer une larme si peu apparente au coin de son oeil gauche. Puis, le dos très droit, elle fila.

Revenue chez elle, elle alla directement dans sa chambre, regarda une photo de Magali dans un cadre tout fleuri. Elle s'attendrit, rêva au jour où sa fille deviendrait sa meilleure amie, son inséparable complice. Elle remarqua la tasse de thé très froid. Elle en but quand même une gorgée et s'étendit sur son lit implorant le temps de passer très vite. Cette journée débuta en donnant un dur coup à son coeur maternel.

Tout l'avant-midi, Magali demeura dans les pensées de sa mère. Il sembla à Lise-Ann que son enfant avait une aura visible partout, même dans la chambre mi-sombre, mi-éclairée où elle se trouvait. La jeune femme vécut ce changement pénible. Elle se consola par une pensée : « L'enfance heureuse laisse peu de souvenirs. C'est un flot égal où flottent des menus objets, une partie de campagne, un jouet préféré, un déjeuner d'anniversaire. » Puis se concentra sur ses tâches ménagères. Vers dix heures, à l'heure habituelle de son café, elle sortit et profita de cet air de fin d'été. De cet été qui finit par s'étirer jusqu'à toucher l'automne et ses premières feuilles colorées.

Un après-midi, dans le jardin, Lise-Ann se sentit palpée, prise par l'arrière. Quelqu'un la tenait par les épaules. En se retournant, elle vit Pierre.

— Laisse-moi. Laisse-moi. Fiche-moi la paix! cria-t-elle sèchement. On était supposé ne plus jamais se revoir.

— Je veux te parler et j'insiste.

Mavick qui demeurait avec son père dans la maison voisine fut attiré par la conversation trop animée. Il se porta à la défense de Lise-Ann.

— De quoi te mêles-tu, jeune homme? s'emporta Pierre, gravement dérangé sur son territoire de chasse.

Et il lui allongea un coup de poing à la figure.

Mavick tomba et porta la main à sa bouche pour y essuyer le sang qui s'écoulait de sa lèvre. Une dent de la mâchoire supérieure était cassée. Il se releva. Lise-Ann cria :

— Pierre, qu'est-ce qui te prend? As-tu perdu la tête? Sais-tu seulement qui il est?

— Pas du tout, et je ne veux pas à le savoir.

— Eh! bien, je vais te le dire quand même. C'est le fils de Hugues.

— D'où sort-il, celui-là? Y avait ben assez de son père qui tournait autour de toi, sans y amener toute la famille.

Lise-Ann ne lui répondit pas. Elle remercia Mavick pour son dévouement et lui dit que Pierre était son ex-mari et le pria de rentrer chez lui. Mavick se soumit, avec au fond du coeur, une humiliation profonde et une inquiétude grandissante pour Lise-Ann. Dès son départ, Pierre serra très fort le bras de son ex-femme comme pour laisser sur elle aussi ses marques de visite. La douleur la fit grimacer mais elle supporta en silence afin de ne pas inquiéter Mavick.

Pierre insista auprès de « sa » femme pour entrer. Elle céda, consciente de lui faire encore une fois, une concession. Il demanda une bière mais elle la lui servit dans un verre pour contrarier ses habitudes et manies capricieuses. Avec un air de supériorité, Pierre demanda :

— Comment t'organises-tu ?

— Très bien. Ça va merveilleusement bien sans

toi. Tu as fini par savoir où je me trouvais, hein? Tu seras toujours égal à toi-même.

À la dérobée, Lise-Ann regardait souvent sa montre en souhaitant que Magali n'arrive pas avant le départ de son *abuseur*. Toujours avec son air supérieur, son ton de pourvoyeur indispensable :

— Reçois-tu mon chèque chaque semaine? demanda-t-il en croisant la jambe et en allumant un cigare.

Lise-Ann ne pouvant supporter une telle odeur alla boire un grand verre d'eau fraîche et revint.

— Oui, et c'est normal que tu y penses, répondit-elle, froidement.

— Où est Magali?

— À l'école. Elle a commencé sa maternelle.

— Déjà le temps des études! Ma petite fille dans cette grosse galère... murmura-t-il songeur.

Lise-Ann replaça une mèche de cheveux qui lui tombait toujours sur le front, se leva, alla à la fenêtre, puis revint prendre sa place et but à petites gorgées un café presque froid. Pour éloigner Magali des pensées de Pierre, Lise-Ann contre-attaqua :

— Tu revois Frank encore souvent?

— Oui, très certainement, répondit-il frondeur. Nous avons loué un logis ensemble, nous en partageons à part égale toutes les dépenses. Ça fait mon affaire et la sienne également.

Il s'arrêta un instant et regarda intensément Lise-Ann avant d'ajouter :

— Tu sais, je t'aime et tu seras toujours MA femme. Je me moque du divorce et de l'avocat et du juge et... Tu es la mère de notre enfant, donc, MA femme. Je connais des couples divorcés qui continuent d'habiter ensemble.

— Ce ne sera pas notre cas.

— Si on essayait? Tu verras, j'ai changé.

— Même s'il n'y avait que ce Frank... il me donne des hauts de coeur!

— N'attaque pas, Lise-Ann!....

— Je demeure avec lui mais je t'aime.

— Va ajuster tes sentiments en dehors d'ici. Je ne peux plus te supporter. Ce que tu es ou ce que tu deviens ne m'intéresse plus du tout. Tu as fractionné mon coeur et il ne t'en reste même pas la plus petite parcelle. C'est ignoble.

— Si tu voulais...

— C'est affreux qu'après t'être lié d'amour à un homme, tu viennes quêter mon indulgence... Va t'en, tu m'entends? Va t'en et ne reviens plus jamais!

Pierre secoua Lise-Ann qui se tenait debout près de la porte.

— Non, je ne partirai pas avant d'avoir vu Magali.

— Tu m'étourdis, Pierre, arrête! J'ai des nausées. Je vais vomir.

Elle alla vomir et Pierre, entêté, se rassit à la même place. En revenant, Lise-Ann ordonna :

— Tu n'as plus d'affaire ici pour aucune considération, ni pour moi et encore moins pour Magali.

Elle se leva et lui montra la porte en étirant le bras le plus long qu'elle put... mais Magali arriva.

Lise-Ann attira l'enfant sur elle.

— Je veux voir Magali.

— Papa! cria la petite, mais elle se réfugia quand même dans sa chambre sans s'approcher de son père.

L'enfant semblait déchirée.

— Tu verras Magali une autre fois. N'oublie pas, ici, tu es chez moi, riposta-t-elle, traquée.

— Tu n'as pas le droit, je suis son père.

— Je suis sa mère!

Pierre se leva, lança le cendrier sur le mur et, menaçant, s'approcha de Lise-Ann. On sonna à la porte. C'était Mavick accompagné de deux policiers. Pierre blêmit. Accusé de voies de fait, il partit encore pour le poste de police.

Lise-Ann alla chercher Magali, et pour se calmer toutes les deux, lui fit raconter ses premières heures scolaires. Excitée, l'enfant inventa même des détails à Lise-Ann qui tremblait encore quelque peu en écoutant la gorge serrée.

En revenant du poste de police, Mavick revint voir Lise-Ann qui le remercia affectueusement. Pour oublier ces graves événements, il lui proposa une balade à bicyclette. Lise-Ann accepta dans un bonheur mystérieux. Magali les accompagna sur sa bicyclette protégée par des roues de support. Au retour, Lise-Ann suggéra un mini goûter car la chaleur était encore persistante. Elle servit à son invité et à Magali une quiche et des tranches d'avocat rehaussées de quartiers de pamplemousse sur une feuille de laitue à laquelle elle ajouta trois cuillerées de vinaigrette. Elle offrit à Mavick un bourgogne pétillant. Elle ne rata pas l'occasion de l'accompagner. Ils trinquèrent en se promettant de créer une solide amitié. Leurs voeux se répondirent en écho dans leur coeur.

À la fin du repas, elle ferma les yeux sur sa joie, puis les deux complices se mesurèrent du regard à deux reprises. Mavick saisit le sourire qui illumina sa journée et Lise-Ann eut autant le goût de l'impossible que du farfelu. Elle pensa accrocher son plus beau livre sur la corde à linge ou de compter les grains de sel dans la salière posée devant elle. Il lui sembla tout à coup que l'inimaginable prenait une forme singulièrement acceptable. Elle chercha quelque chose à dire pour cacher son trouble et pensa un instant au couple Priscille-Gary.

— Je devrai bientôt téléphoner à Priscille, il y a longtemps que je ne l'ai pas fait.

— Priscille? répéta-t-il en plissant le front.

— Une amie. Une fille sensationnelle. Elle remplace la soeur que je n'ai jamais eue.

Le ciel sans nuage était d'un bleu pur. Seulement du bleu.

Les mois de l'hiver passèrent rapidement. Mavick et Lise-Ann se croisèrent souvent dans la rue mais sans plus. Le printemps s'installa plus joli qu'un prince. Mavick lui proposa de jouer au badminton. Lise-Ann accepta mais s'essouffla rapidement. En venant se reposer, elle remarqua un papillon divinement coloré.

— S'il fallait que les insectes organisent un concours de beauté, à coup sûr, les papillons remporteraient la palme.

Ils se souriaient pour tout et pour rien. Depuis le début de cette merveilleuse saison, la danse des papillons décorait les alentours d'une grâce aérienne. Leurs ailes semblaient couvertes d'une poussière d'arc-en-ciel. Un machaon aux ailes jaunes tachetées de noir, de rouge et de bleu attirèrent particulièrement leurs regards. Les deux tourtereaux souriaient toujours.

Puis le printemps et l'été passèrent. Même que les feuilles des arbres de l'automne commençaient à rougir. Les têtes de ces géants resplendissaient malgré leur toilette à peine élaborée. Lise-Ann se demandait bien pour quel printemps l'automne acceptait de perdre ses feuilles une à une, arrachées par un vent distrait. Tout l'hiver, le sapin n'oublia pas de rester vert et la fragrance du printemps revenu pénétra toute la maison de son arôme capiteux.

Peu à peu, sa relation avec Mavick prit une

forme, un visage. Elle ne dessina plus cette figure sur ses toiles. C'était pour elle le prélude d'un grand bonheur. Elle tenta, un certain soir, de vérifier les sentiments de Mavick parce que pour elle, l'amour était la réalité la plus difficile à approcher, saisir, et surtout à conserver. Peu importait l'âge qu'il avait ou l'allure qu'il affichait, elle crut le posséder, mais au même moment naquit un doute. Elle eut peur qu'il lui file entre les doigts comme une eau claire entre les rochers. Pour elle, ce sentiment était une manière de comprendre les événements qui tissaient sa vie quotidienne. Et pourtant, il ne commandait pas étant ce petit quelque chose qui poussait au don gratuit.

Elle aima ce soir-là sans avoir de regret dans les yeux. Elle perçut Mavick, le rechercha dans les moindres gestes qu'elle répétait machinalement chaque jour. Elle était prête à prêter son nom à l'amour une autre fois, et en même temps, elle se méfiait de ses caricatures. Mais Mavick n'était sûrement pas une caricature! Elle avait pourtant cessé depuis longtemps de s'hypnotiser sur ses propres désirs. Elle eut l'impression de renaître et de voir différemment toutes les choses et tous les gens parce qu'elle avait maintenant acquis tous les courages. Pour elle, être dans cet état, dans cette euphorie était une maladie très agréable pour laquelle elle ne voudrait jamais trouver de médicament, se dit-elle en souriant.

Cette soirée-là, Mavick la passa toute entière avec elle. Ils touchèrent de plus près l'erreur ou la vérité. Il lui raconta son aventure décevante avec Eloïse. Il pleura. Elle pleura aussi. Ensemble, ils acceptèrent l'échec qu'ils venaient de vivre chacun de leur côté. L'expérience se fit nouvelle et prit une forme singulière.

À plat ventre, ils s'allongèrent dans la verdure de

ce parc enchanteur. Les autos passaient... ils ne les voyaient pas; les voisins parlaient à haute voix, ils ne les entendaient pas. Toutefois, ils respirèrent à grandes bouffées le parfum que les roses dégageaient dans toute leur splendeur.

Lise-Ann sentit la chaleur de la main de Mavick dans son dos. Elle frissonna. En fermant les yeux de satisfaction :

— Comme c'est bon!

— Si jamais je revois Éloïse, je lui dirai un mot, seulement un : Merci!...

— Pourquoi « merci »?

— Parce qu'un jour, elle a été capable de me dire NON.

— Tu es fou, Mavick.

— Oui, fou de la femme qui se trouve avec moi en ce moment.

Elle lui ébouriffa quelques mèches de cheveux. Maintenant, couchés sur le dos, ils regardaient le ciel, cette immensité comme si ce bleu les baignait de sa sérénité.

— Et pourtant, tu as eu si mal, Mavick. Sois prudent : ne te permets pas de parler ainsi.

— Si elle m'avait dit OUI, je ne t'aurais probablement jamais connue et je ne pourrais pas apprécier ta présence comme je le fais en ce moment.

— Comme le hasard est bon pour nous, ne trouves-tu pas?

— C'est mon présent qui compte, maintenant.

Ils s'embrassèrent d'un baiser qui valut à lui seul des milliers de paroles et d'engagements. Lise-Ann avoua à son tour :

— Moi aussi, je crois vivre un grand bonheur, celui d'être ici avec toi. Avant, j'appréciais en toi le grand, l'Italien, maintenant, je crois aimer l'homme.

Le lendemain, le soleil se leva heureux. Il chantait sa lumière, sa chaleur et sa place dans ce si grand univers. La pluie de la nuit plaça des diamants sur les branches des arbres qui brillèrent de mille étoiles grâce aux feux du soleil.

Mavick reçut une lettre de sa mère. Claudia avait trop à dire pour passer par-dessus cette envie de communiquer. Au fil de son bonheur, il y avait un fils, là, toujours présent, attaché à elle comme la pelure à la pulpe d'un fruit mûr. En lisant, Mavick ressentit une joie comme celle d'un enfant au matin de Noël.

... je suis toujours à Naples. La température est formidable, le soleil sans cesse présent. Mavick, ton absence me tue. Tu me manques énormément. J'étais habituée à te voir de façon régulière; ta décision subite de quitter Naples et Florence m'a bouleversée à un point tel que j'ai peine à le croire. Je me surprends souvent à écrire des vers, des alexandrins la plupart du temps. Ton image colore mes mots; ton souvenir leur donne un sens. Le goût de te revoir les gratifie d'un espoir teinté de bleu. Je t'en ferai lire un, celui que je préfère et qui parle de la Méditerranée.

Je me suis rendue quelquefois à Florence où j'ai rencontré le couple Marinelli qui a pris la relève à ton commerce. Tout va à merveille. Ne crains rien, ce sont des gens épatants et expérimentés.

Mon fils, au risque de te blesser jusque dans l'âme, je dois te dire que j'ai croisé Eloïse, il y a environ une dizaine de jours. Elle était de passage par ici, mais elle habite maintenant en Grèce, à Alexandropolis. Elle vit maintenant avec un millionnaire. Cette vie lui plaira puisqu'elle a coupé les ponts avec son mari...

Je t'aime mon grand et surtout, ne me tarde pas tes nouvelles. Tendre, tendre, Claudia.

Il relut à deux reprises. De toute évidence, son coeur se heurta sur le souvenir d'Eloïse. Il se sentit subitement affligé et pris d'un profond cafard mais passager. Il avait pourtant juré de ne plus penser à cette ex-fiancée mais le cours de la vie en avait décidé autrement.

Le chant des oiseaux plut à Mavick. Il se posta au coin de la maison de son père qui donnait sur le jardin de Lise-Ann afin d'admirer ces frêles créatures gorgées de liberté. Puis il entra et plaça le disque d'un trompettiste populaire, Max Greger. Son regard devint furtif. Soudain, il l'arrêta sur la photo d'une jolie fillette sur le téléviseur. Hugues venait de la replacer. Mavick pensa à Marie-Soleil qu'il ne connaissait pas du tout mais il en avait entendu parler occasionnellement. Il pensa qu'elle était partie pour toujours sans avoir eu le temps de le prendre par le cou et d'annoncer à qui aurait voulu l'entendre : Ce monsieur c'est mon frère, mon GRAND FRÈRE... Hugues arriva.

— C'est Marie-Soleil?

— Oui, ma petite Marie-Soleil, répondit Hugues, le coeur rempli d'une trop forte émotion. Je préfère cependant ne pas en parler pour le moment.

Sa voix frémit. Pour cacher ses larmes, Hugues se retira. Il pensait aussi à son fils dans la vie de Lise-Ann. Il le voyait un peu comme un prédateur. Il finit par revenir et les deux hommes mangèrent. Assis au bout de la table, l'air vide et faussement évasif, Hugues brûla les étapes :

— Tu sais, Lise-Ann, la voisine d'en face, eh bien! j'ai voulu en faire ma femme à mon retour d'Italie.

Mavick resta bouche bée, déchiré qu'il était au plus profond de lui-même. Son père continua pour rassurer au plus tôt son fils qu'il sentait un peu malheureux.

— Figure-toi qu'elle ne voulait rien gâcher de notre belle amitié, m'a-t-elle répondu.

— Elle a refusé comme ça? fit Mavick soulagé.

D'un signe de tête, Hugues confirma et ajouta :

— Il ne me reste plus que le souvenir de cette femme délicieuse, en plus de l'amitié qu'elle m'a assurée un certain soir. Elle m'a tout simplement dit qu'elle ne m'aimait pas comme un amant mais plutôt comme un ami.

Hugues avala son repas avec un appétit féroce. Il ne regarda presque pas son fils, ne s'intéressant qu'à chaque bouchée qu'il ingurgitait. Mal à l'aise, Mavick s'amusait à rouler entre le pouce et l'index le papier d'aluminium d'un paquet de cigarettes.

— Je vais faire une courte sieste, annonça Hugues. Je suis crevé ce soir.

— Attends papa, j'ai reçu une lettre de Claudia. Elle me dit qu'Eloïse demeure en Grèce. Je l'ai laissée sur la table à café, tu pourras y jeter un coup d'oeil si tu veux.

Hugues se refusa ce plaisir appréhendant toutes les émotions qui monteraient en la lisant.

Mavick alla cueillir quelques ancolies et partit les offrir à Lise-Ann. En entendant le carillon, Lise-Ann vérifia par la fenêtre mais ne vit personne. Ses yeux brillaient. Son visage rayonnait d'orgueil. Son coeur battait fort. Elle ajusta sa blouse et replaça sa jupe, passa devant le miroir et se regarda. Elle ouvrit.

— Bonsoir, ma toute douce.

Il tendit les fleurs à celle qui se fit un réel plaisir de les recevoir.

Heureux, il referma la porte.

— Magali est couchée?

— Elle dort depuis un bon moment déjà. Elle était fatiguée outre mesure. Elle a passé plusieurs heures dehors et le grand air l'a superbement accablée.

Mavick marchait d'une pièce à l'autre suivant celle qui allait et venait.

— On est bien chez toi, Lise-Ann. C'est beau, clair, aéré, ça respire la tranquillité et toutes les joies et bonheurs qui s'y greffent.

— J'aime beaucoup cette maison. J'en ai été privée quelques mois, et cette situation m'a ébranlée et dépassée moralement.

— Quelques mois, dis-tu?

— Oui, lorsque j'ai divorcé d'avec Pierre. J'ai voulu vendre pour ne plus voir ses empreintes dans mes choses, mais j'ai payé cher cette décision. J'aurais dû vendre seulement quelques meubles pour les remplacer par des plus modernes.

— Mais c'est fait à ce que je vois. Par ailleurs, il m'en a coûté pour faire réparer la dent qu'il m'a cassée, ton Pierre. Il va payer!...

— Je te remercie de tout coeur pour ce que tu as fait pour moi, et je regrette aussi le mal...

— Ce n'est rien, Lise-Ann. Ton ex n'en a pas fini avec moi et la justice.

— Mais maintenant, j'apprécie beaucoup que tu sois ici... et sans Pierre.

Le bonheur de Lise-Ann appliqua miraculeusement des teintes rosées sur ses joues.

— Ne sois pas gênée. C'est normal que l'on se dise enfin ce que nous ressentons l'un pour l'autre. Je suis heureux moi aussi lorsque je suis avec toi, j'ai l'impression de flotter.

— Venise, ce n'est pas ici, ricana Lise-Ann.

Il se leva et la rejoignit près de sa guitare.

— Il est bon d'être deux pour marcher longuement sur la voie de la sérénité.

Il la fit lever, mit ses bras en anneau autour de sa taille et la souleva si haut qu'elle laissa entendre un cri de joie. Il l'embrassa et elle retomba sur ses deux pieds se demandant encore si elle rêvait.

Ils se regardèrent dans les yeux un court instant. Il avait des yeux perçants, profonds, trop beaux... comme déjà, elle les avait imaginés sur ses toiles. Il lui vola un baiser. Mavick eut l'impression d'être lié à cette femme jusqu'à sa mort. Les qualités de Lise-Ann n'avaient d'égal que sa beauté.

— Mavick, je t'aime, souffla-t-elle.

— Je t'aime aussi. Énormément.Tu es sensationnelle. Les filles que j'ai connues avant toi ne t'arrivaient pas à la cheville... et dire ça des Italiennes... ce n'est pas peu dire. Mais j'ai des défauts, tu sais.

— Je les apprivoiserai.

— Comme des écureuils?

— Tout à fait.

— Il te faudra un arbre géant et très fort pour les contenir.

— Il nous faudra peut-être placer deux arbres, un à côté de l'autre...

Il remarqua la forme de ses mains, puis celle de ses ongles. De véritables « noyaux d'olives ». Il imagina alors un tonus cardiaque faible et un équilibre nerveux fragile chez elle. Il observa mais ne dit rien.

Elle portait une robe exprès pour le soleil. Un léger boléro recouvrait ses épaules. D'une main douce, il la dépouilla de sa veste, descendit une première bretelle, promena sa main sur ce corps qui s'offrait à lui comme un cadeau depuis trop longtemps emballé. Il aperçut un beau sein tout rond, appétissant sur lequel il posa ses lèvres. Elle se débarrassa de ses vêtements. Il fit de même. Ils n'avaient qu'une seule pensée, la plus belle. Le lit de Lise-Ann était le refuge convoité par Mavick depuis la première fois qu'il la vit. Suivirent des gestes subtils, raffinés. Toute une chimie s'élaborait entre eux. Désirs communs, attentes réciproques.

Sur le fond grisâtre de sa vie, Lise-Ann apercevait une silhouette qui s'avançait à petits pas légers mais sûrs. Elle lui dit :

— Tu joues avec mon âme d'une manière gratuite. Je veux saisir tout ce que tu as en réserve. Mavick, tu m'apportes une douce lumière dans ma nuit.

— Si tu es heureuse avec moi, je n'en demande pas plus, ma chérie. Je ferai tout pour te garder. J'aimerais que tu m'appartiennes pour toujours. Tu n'aurais plus de nuits, je n'aurai que des soleils à t'offrir.

— On verra bien où la vie nous conduira.

— Le destin, quoi!

— J'ai perdu de grandes amitiés et des amours impossibles. Une nouvelle union, même la plus emballante, me laisse toujours incertaine, fragile.

— Tu te crées des angoisses inutiles, Lise-Ann.

— Je veux vivre pendant que la vie se dépêche.

Le regard de Lise-Ann emprunta toute la gamme des couleurs : provocateur, enjôleur, amusé, caressant. À la manière des Italiens, Mavick ne cessa de lui parler d'amour et de tendresse.

— « Qui parle d'amour fait l'amour », dit-il en la tirant sous les draps fleuris. Il la prit comme une colombe et l'enferma tendrement dans la cage de ses bras.

Lise-Ann sentit descendre en elle une incomparable chaleur, un délectable bien-être. Plus tard, ils éprouvèrent une faim comme celle que les enfants ressentent après un bain de mer. Il s'étira comme un félin, les cheveux en broussailles. Il était beau, très beau. Mâle. Dans les bras de sa bien-aimée, il devenait une marionnette à qui elle faisait poser tous les gestes qu'elle décidait. Il prit tous les baisers cent fois répétés.

À bien des égards, Mavick ressemblait à son père. Une pensée vive comme un éclair donna à Lise-Ann une image floue de Hugues, mais elle se tut. Elle se sentit légère, heureuse comme une amoureuse qui vient de jeter une pièce dans la fontaine de Trevi.

Lise-Ann retrouvait enfin un bonheur depuis longtemps égaré. Les amoureux communiquèrent souvent ensemble sans tenir compte du passé, ni des heures du jour ou de la nuit.

Mavick poursuivit ses études et Lise-Ann continua à travailler. Un soir, où Lise-Ann et Mavick se promenaient avec Magali, l'enfant demanda à sa mère :

— Est-ce que c'est lui qui va devenir mon

nouveau papa?

Lise-Ann se pencha sur son enfant et lui chuchota un mot à l'oreille. Magali sourit en penchant la tête et marqua sa surprise :

— Youppi!

Magali joignit les mains de Mavick à celles de sa mère et s'amusa quelques secondes à passer sous le pont qu'elle venait d'inventer. Ils entrèrent et Lise-Ann s'affaira à préparer le repas pendant que lui, aimanté par un bouquin laissé ouvert sur la table du salon, commença à lui lire tout haut une savoureuse poésie de Robert Choquette.

> « Aimer... C'est vouloir étreindre l'univers
> C'est avoir des désirs de courir sur les cimes
> et de plonger son corps parmi les sapins verts;
> de crier jusqu'au ciel le cri de ses entrailles
> et de monter toujours vers l'aurore pareil
> à l'oiseau matinal qui jaillit des broussailles
> pour prendre sa gorgée à même le soleil. »

Lise-Ann se rendit une fin d'après-midi chez Priscille et lui raconta sa passion pour le fils de Hugues. Entre femmes, le courant passa encore mieux, ce qui n'empêcha pas Priscille de mettre Lise-Ann en garde.

— Tu as le nez sur l'arbre. Prends un peu de recul pour voir toute la forêt, elle est immense.

— Mais je l'aime, je l'aime à la folie!

— Tu es la seule responsable de ton propre « devenir ».

Priscille réfléchit un peu avant de lui dire dans un éclat de voix :

— Tu as beaucoup aimé dans ta jeune vie, et souvent tu as été déçue.

— Il veut m'épouser.

— Prends le temps de voir très clair avant de prendre un quelconque engagement.

— N'oublie pas qu'il est plus jeune que toi.

— C'est vrai, mais je me moque des chiffres.

— Je t'ai souvent vue pleurer, Lise-Ann. Je t'en prie, cesse d'agir comme si tu voulais sauver quelqu'un en toi.

— Tout être humain abrite la tristesse. Ce n'est pas de mal agir que de se rappeler un chagrin.

— Ce qui est mauvais, c'est de l'entretenir, le répéter.

— Si je laissais filer Mavick, j'aurais l'impression d'un soleil trop vite passé dans ma vie.

— Lorsque vous viendrez tous les deux, je vous donnerai à chacun un petit quelque chose.

Les yeux de Lise-Ann brillèrent.

Trois semaines plus tard, le couple visita Priscille. Elle leur remit à chacun une petite boîte. Elle montra un plaisir fou à surveiller l'expression de leur visage. Lise-Ann sortit une salière en céramique, lui, la poivrière du même ensemble. Ils se regardèrent, un éclat de rire dans la voix puis scrutèrent Priscille du regard.

— Vous voyez, ça ne se sépare pas. L'une n'est pas belle sans l'autre. L'une est incomplète si l'autre n'y est pas. C'est pareil pour vous deux... Vous avez toute mon affection. Je vous souhaite tout le bonheur auquel vous avez droit. Continuez à inventer ce bonheur à chaque instant de votre vie ensemble.

Le lendemain, en préparant le déjeuner, Lise-Ann écoutait les nouvelles de sept heures à la radio.

«... dans un monomoteur. L'identité des victimes n'est pas encore connue, les familles n'ayant pas été rejointes. »

Elle continua en se résignant à écouter le prochain bulletin de nouvelles pour savoir exactement ce qui s'était passé. Magali mangeait des céréales baignées dans un ruisseau de lait à deux pour cent tandis que sa mère sirotait un café bouillant. Lise-Ann essaya d'avaler deux rôties avec une bonne quantité de confiture de framboises.

Magali partit pour l'école. En lavant la vaisselle, Lise-Ann s'accrocha aux informations de huit heures.

« Nous avons appris, tôt ce matin, la mort de deux personnes : un homme et une femme. Ils avaient pris place dans un monomoteur. L'avion s'est écrasé alors que la jeune femme pilotait elle-même son propre avion. Les jeunes gens volaient vers Toronto. On ne connaît pas encore la cause de ce terrible accident. Les victimes ont été identifiées comme étant Pierre Cartier, âgé d'une trentaine d'années et Maureen Savage, âgée de vingt-six ans. Restez à l'écoute pour... »

Lise-Ann sursauta et se mit à crier. Prise d'une extrême nervosité, elle appela Priscille pour lui annoncer la nouvelle de la mort de son ex-mari. L'espace d'un moment, elle mit toute sa vie avec Pierre entre parenthèses. Priscille se rendit chez son amie et l'écouta.

Placées à l'arrière de l'église, Lise-Ann et Magali assistèrent aux funérailles. Tout au long de la cérémonie, l'enfant avait tenu une rose rouge dans ses mains. Dans cette église presque vide, au milieu de chants funèbres, Lise-Ann à mi-voix parla à Pierre. « Le sais-tu maintenant ce qui est arrivé à mon alliance?... Je l'ai jetée. Je m'en étais débarrassée puisqu'à ce moment-là, je ne pouvais pas me débarrasser de toi. Je tenais à te le dire. Heureusement, mon calvaire est fini avec toi. Près de toi, j'ai eu souvent peur, terriblement peur; j'ai eu mal, terriblement mal. À toute ma vie!... Maintenant, je vais vivre. »

— Qu'est-ce que tu dis, maman?

— Je priais le petit Jésus, Magali. Viens-tu avec moi, la messe est finie?

— Non, je veux voir papa couché dans sa petite maison, il va passer. Attends.

Elles restèrent là jusqu'au dernier au revoir. Immobiles. Presque indifférentes.

CHAPITRE 14

Priscille et Gary redevenaient toujours davantage amants, parfaitement complices de l'amour. On ne les vit plus l'un sans l'autre. Leur petit garçon s'éveilla à la vie comme une fleur s'ouvre à son premier printemps. Dans une belle euphorie, Priscille redécouvrait Gary, ses cheveux, son odeur, la douceur de sa peau et la délicatesse des gestes qu'il posait. Plus rien d'étranger en lui, tout recommençait. C'était une récompense, un renouveau déjà connu, déjà perçu qui renaissait chaque jour. Elle rêva même de la venue d'un autre enfant. C'est lorsque le jardin est fleuri, qu'il est bon de cueillir, pensait-elle.

Alors que Gary revenait d'une soirée de baseball à Montréal et qu'Alex pleurait le mal de ses gencives s'ouvrant pour ses dernières dents, Gary prit l'enfant qui cessa ses pleurs sur-le-champ. Une magie, oui, une magie existait déjà entre le père et son fils. Une chimie parfaite s'installa dans tous les sillons de cette petite famille.

La vie coula douce comme une romance, harmonieuse comme un poème. Priscille goûtait au bonheur profond, espéré depuis si longtemps. Il leur a fallu le voyage en Europe pour apprendre à regarder vers le même horizon, à s'émouvoir devant les mêmes beautés.

Un soir, ils s'émerveillèrent en observant une aurore boréale. Devant ce rideau de lumière bleue, jaune et verte, ils firent de nombreux projets. Sous les teintes de ce majestueux spectacle, sous l'effet de ce feu d'artifice, ils se jurèrent fidélité.

Redevenu plus sage, Gary trouva que le foyer était le lieu idéal pour se retrouver. Il cessa un peu sa pratique de sports pour être un peu plus présent à sa femme et à son fils. Priscille retrouva en son homme le chemin tout doux, tout bleu de la tendresse.

Gary se plut à jouer à l'astrologue en prédisant l'avenir de Priscille. Un avenir semblable au présent, différent d'un passé tourmenté. Il devenait le troubadour de ses nuits, l'artiste de ses jours. Par sa bonté, il peignit chaque minute sur un fond bleu azur pour arriver à escamoter l'angoisse des vilains tournants.

De leur côté, en pleine allégresse, Lise-Ann et Mavick planifièrent un mariage civil. La mort de Pierre semblait rendre Lise-Ann plus rieuse et libre. Un matin d'hiver semblable à ce 27 décembre mémorable, Mavick prononça le OUI devant le protonotaire Nicolas Magdane. « Je vous déclare mari et femme. Si vous voulez bien échanger les anneaux. » Pendant qu'ils s'embrassaient, les gens dans la salle applaudirent.

Lise-Ann portait un tailleur de couleur turquoise. Montée sur des escarpins, elle semblait savourer de haut tout ce bonheur. Dans ses cheveux, quelques fleurs assorties à son tailleur s'accrochaient à une oreille dégagée. Mavick portait un complet blanc cassé dans un tissu ultra chic.

Dans la salle du Palais de Justice la chaleur manquait, les fleurs étaient absentes, mais les sourires compensaient à profusion. À la salle de réception, par leurs yeux, Lise-Ann et Mavick se parlèrent d'un grand amour, immense comme l'Etna et pétillant comme le champagne. Dans une enveloppe bien garnie, Hugues avait glissé :

« Après les fleurs, le banquet, les bulles dorées du champagne, restera encore et toujours quelque chose de nouveau et de merveilleux : être ensemble tous les deux. »

En serrant la main de son fils et de sa bru, Hugues leur souhaita tout le bonheur possible : « Laissez votre amour devenir comme une fine bruine tombant doucement et noyant la rivière. » Hugues manifesta une joie... voilée même s'il était ravi pour Mavick. Tout en formulant ses voeux, il recevait de ses rêves un écho nostalgique.

Le banquet se déroula dans l'intimité à la Closerie des Lilas. Mavick envoya à sa mère un télégramme pour lui signaler sa très grande joie, mais en même temps les regrets de ne pas l'avoir près de lui en cette radieuse journée. Étant retenue par la maladie, elle ne pouvait communier par sa présence au bonheur de son fils. Le cancer avait commencé à détruire l'intérieur de cette femme, de cette merveilleuse mère qu'elle était.

Le premier jour du printemps, Gary reçut une lettre de Kneza Milosa 75. Surpris, son regard en fut d'autant plus beau. On requérait ses services à l'ambassade du Canada en Yougoslavie. Il quitta avec sa famille deux mois plus tard et ne revinrent jamais. Lise-Ann et Priscille reprirent leur correspondance, et leur amitié ne s'éteignit pas malgré la distance. Priscille donna naissance à une jolie fillette malheureusement aveugle.

De leur côté, Lise-Ann et Mavick vivaient heureux. Leur bonheur semblait une myriade d'étoiles qui s'allumaient une à une. Lise-Ann s'amusait souvent à revoir d'anciennes photos qui dormaient dans un tiroir.

Ainsi, elle redonnait la vie, un nom à ces souvenirs de papier qui reconstituaient toute une époque. Les souvenirs tristes, elle les enfouissait sous la pile; les souvenirs heureux, elle les replaçait sur le dessus comme pour chasser d'un bonheur, tous les malheurs qu'elle avait vécus au fil des ans.

Et le jour de ses huit ans, Magali apprit dans une explosion de joie la venue d'un petit frère. Elle finit par commenter tout innocemment :

— Maman, ça va me consoler de Moustache qui est perdu.

Le petit Pierre-Hugues est né une belle nuit de la fin du mois de mai. Le soleil ne cessa plus de briller sur les jours et les nuits de sa mère.

AUX ÉDITIONS DE LA PAIX

125, Lussier
Saint-Alphonse-de-Granby
Québec, JOE 2A0
Tél. : (514) 375-4765
Télécopieur : le même

Daniel Bédard, *Le Froid au Coeur*
(Prix Marie-Claire-Daveluy)

Hélène Desgranges
Le Rideau de sa Vie
Le Givré

Colette Fortier, *Née Demain*

Serge Godin, *Le Parfum de la douleur*

Gilles-André Pelletier, *Les Nomades*

I. **Le Grand Départ**
II. **L'Entremurs**
III. **La Forêt**
IV. **La Traversée**

Achevé d'imprimer
en juin 1991 sur les presses
des Ateliers Graphiques Marc Veilleux Inc.
Cap-Saint-Ignace, Qué.